船屋

亦舒

班主任在點名時看到林家超或陳美玉以外的趣致名字，總忍不住高興，今年這班有個學生叫金豆，她立刻點名「金豆」，那叫金豆的新生站立，「到」。老師看過去，原來是新女生，一張小圓臉，梳妹妹頭，胖嘟嘟兩腮，不算漂亮，但是可愛，使人忍不住想擰一擰臉頰那種。

金豆那年十二歲，家中發生變化，她不得不搬到祖母家長住，轉校，新環境，均造成衝擊，她變得沉默、謹慎，體重也減輕。

祖母寫下一張箴言，貼在她房門口：「一，不准説謊；二，嚴禁不問自取；三，做好功課。」

金豆讀後心中有數，在祖母心中，她肯定在外邊已經染上不少壞習慣，來到這裏，必須戒掉。

她着女傭帶金豆做身體檢查，把辮子解散，用一把細齒梳，從頭到尾梳一遍，像是找什麼，又抽血檢驗，並且查看全身皮膚。

祖母家環境不錯，她有專用臥室與衛生間，設備齊全，電腦電視一應俱全，看來祖母頗為大方，她還有固定零用錢，接着，有老師上門教小提琴。

日後想起，這些固然是她幸運，但金豆最值得慶幸的是，家裏老傭人阿二對她異常慈愛，人夾人緣，她對豆子十分愛惜，陪她說心事，會得問她：喜歡哪一樣功課，同學對她可友善，老師兇不兇，中午吃些什麼，可要多帶一瓶水……

這些，都叫豆子得到安慰。

在這之前，她記得，她與父母住，他們天天摔東西，吵架，鬧到鄰居大聲警告：「再不停就報警」，然後，父親帶着豆子搬出住，到他有了新女伴，豆子又回到母親身邊，接着母親也找到新人，她像一隻皮球般踢到一個阿姨處，那女子叫豆子負責骯髒家務。

事情被孀居祖母知道，即被接走。

金豆一直以為自身故事像狄更斯筆下人物，稍後知道，其實相當普通，同學中，家中三兄弟，沒一個同父同母，都知道不過暫時性，十八歲一過，自立自主，又是一番天地，一時還走不掉，頭上有個屋頂，還不算淒涼。

不是每個家庭像兒童樂園雙週刊中小圓圓小胖那個模範之家。

一到祖母家，金豆的心就寬鬆，放學洗完澡，有點心吃，她可自由自在做功課。

溫習時間充沛，成績突飛猛進。

阿二見她深夜寫蠅頭小字，有點心痛，「還不睡？豆子，當心變四眼。」

三年過去，豆子沒說謊，沒不問自取，做好功課，勤練琴，不外遊，從不給祖母任何麻煩，她在屋裏，也似不在，輕手輕腳。

這時，祖母說：「該學游泳了，這是救命技能。」

阿二帶着她見師傅，這是豆子認識田赫的經過。

一個高大英軒少年走近，「是豆子嗎，歡迎加入，我是田哥，你游泳教練。」

豆子忽然不知何故臉紅。

泳池裏已有幾個學生，向豆子打招呼。

人家三堂課已可浮可游，豆子像一塊石頭，直往池底沉。

田哥好耐心，不兇，准她用浮泡，讓她在一旁觀看，不去逼她。

不久，她的浮泡漸漸由大變小，放膽在池邊摸着划一兩下，一個漂亮少女笑，「豆子學會了」，她一驚，又沉下去。

那漂亮女孩叫羅拉，混血兒，身段奇佳，與田赫是一對，結伴來，結伴去。

足足學滿整個暑假，豆子才學會狗仔式，田師傅說：「浮着又能前進就好。」羅拉在池內表演蝶泳，姿態美妙，眾人矚目。

田赫輕輕鼓勵：「有志者事竟成。」

這時才知道，赫兄是校際游泳冠軍。

功課繁忙，豆子像一枚釘子似固定在書桌前寫功課，連沉默寡言的祖母都有點感慨：「這麼好的孩子踢來踢去不要，也不來探望。」，阿二答：「祖母疼她不也足夠。」

「過兩年中學畢業，問她有何打算。」

「太太何不親自問她，升學可是大事。」

祖母吃素不與她同桌用飯，一日，拿着茶杯問：「打算到何處升學？」

豆子心頭一喜，祖母不問「可要升學」而問「何處升學」，即假設打算讓她升學，豆子不由得淚盈於睫。

「本市升讀就很好。」

「成績可有把握。」

「肯定。」

「哪一科。」

「我比較笨，想讀理科，一是一，二是二，不用想像力。」

祖母不由得微笑，「你説得彷彿理科比文科易讀。」

豆子賠笑。

「去外國，我會不捨得呢。」

這些日子，祖母還是第一次表示對金豆關愛，她連忙把頭抬高，以免淚水落下。

「自己留心，要去何處，告訴我，替你辦。」

祖母走開。

人欺天不欺，祖母愛她。

教會她自處、勤學、寡言，還有，不吃零食汽水。

老師同學都喜歡她。

班主任對學生說：「中學畢業之前，學生必須做一百二十小時志工，這項紀錄，算在成績之內，這是章程，回去想想做什麼。」

同學們鼓噪，「我不會揀拾垃圾」，「我不打算做老人院」，「我不賣檸檬水」，「去非洲濟貧吧」，「送暖到華北」……

豆子毫無主張。

她一早知道自己不是明敏兒。

正好在這個時候，她看到社區中心貼出佈告：「徵游泳助教一名，負責每週五六日下午教授母嬰班」，哈哈哈豆子最喜歡嬰兒。

原來徵助手的正是田赫。

「豆子，真高興再見到你。」

田赫彷彿又長得魁梧一點，仍然有許多女生圍住他，但不見羅拉。泳友說，羅拉隨父母回澳洲，不一定回轉。

不知為什麼，金豆聽到有點高興。

她做一份精緻表格，把志工時間詳細記錄，田赫借她一具水底攝影機，讓她把幼兒習泳過程記錄，轉載她私人網頁。

真有大膽媽媽帶還不會走路的嬰兒習泳，說也奇怪，他們不知怕水，咚一聲下水，咕嚕咕嚕划水往前，雙眼睜老大，嘴帶微笑吐泡泡，由金豆托起胖胖身軀，呼吸，再繼續游動。

金豆忍不住哈哈笑，像托着小海豚一般有趣，家長紛紛學習看齊。

泳班擠滿母嬰，空前成功，由三個月到五歲大小，若干老太太自身不游，但坐一邊觀看，也哈哈笑。

田赫說：「真佩服你豆子。」

豆子因在水中操作，泳術也大有長進。

這一段時間，豆子與田赫一起進一起出。

田赫開一輛小小電動車，接送豆子。

祖母看到問：「那年輕人是誰。」

「叫田赫，中韓混血兒，是豆子游泳教練，父親在外交處辦事。」

「為人可靠否？」

「不是壞人，他在本市大學讀建築。」

本來是簡單義工活動，豆子的紀錄冊子卻圖文並茂，可讀性極高，所有小學生都有照片姓名性別，學習過程，以及性格特徵。

老師同學都喜歡閱讀，鄰校教務室前來詢問這學生是誰。

豆子與田赫此時熟稔得多。

她漸漸把處境告訴他：「住祖母家，雖受到關愛，也得小心翼翼，不可掉以輕心，不得叫人討厭，內衣都自己動手洗，晾浴室，用浴簾遮住。有一同學住兄嫂家，不小心，把內衣留浴室，讓大嫂板着面孔訓斥：『叫你自己去搓洗』，家中兩個傭人不肯做，叫主人家命寄住者自家動手，我聽了心寒，我們這種沒人教的孩子，若不迅速自學，被人大巴掌教訓。」

田赫惻然。

「我最怕生病，祖母年紀大，不能給她添亂。」

「豆子，你要學習放開懷抱。」

「我沒有天份，祖母每次聽到我練琴都皺着眉頭，學了這些年，同學都彈柏格尼尼了，我還——唉。」

田赫微笑，「幾時你彈我聽，我們到老人院彈給他們欣賞。」

老人家很有趣，要點曲：「月亮代表我的心」，「春風吻上我的臉」，「梁祝協奏曲」，豆子慌，練的都不是這些，她找到錄音，聽幾次，照樣彈奏，連阿二都探頭張望，「呵，豆子，動聽。」

老人院音樂室外站滿知音，「聽出耳油」，有人聽到梁祝樓台會，潸然淚下。

田赫納罕，「豆子，你是不知自身是天才的天才，你有感人的天賦。」

這個永遠穿白襯衫卡其褲的少女在田赫哥眼前逐漸長大，圓面頰變成尖下巴，雙眼大許多，依然短髮，「長髮落地上髒亂」，仍然小心翼翼做人。生活所有細節自己打理，不懂的，詢問互聯網。

田赫告訴豆子，韓裔家庭教育至嚴，尊卑長幼分界極明，不可逾越，讀書，全為讀分數，父母可體罰子女，並且可施冷眼冷面孔精神虐待——「一年考得欠佳，家父足足三個月不與我說話，叫我羞愧至死，又有一同學往喝酒，被父親知悉，特地自首爾飛到本市杖責，受傷走動不便，被校方報警。」

豆子駭笑，隨即黯然，恐怕，她配不上田赫。

最後一年中學，田赫說：「豆，你那十一科A的成績加五科AP，全球各校都會取錄。」

豆子大膽答：「你在本市，我也留本市。」

田赫一怔，略為難過，「豆子，家父出使任期將滿，會得回國，我乃家中獨子，必須跟隨。」

豆子不出聲，雙手卻微微顫抖。

自幼習慣流離的她，發覺此刻比什麼時候都難過。

「你報名到倫敦IC讀物理吧，選高溫或低溫物理那些不切實際科目，專門演繹公式，同寫文學鉅著一樣，無人能懂，沒人批評，至安全不過。」

豆子苦笑。

「女孩子到英國比較矜貴，去，同祖母說。」

豆子沉吟，「費用昂貴，我應適可而止。」

田赫伸手撫摸豆子面頰，「從未見過這麼懂事的孩子。」

即使如此，雙方也從不把對方帶回家見家長。

年尾，祖母問：「為何只申請本市一間大學。」

豆子答得好：「因為只能入讀一間學校。」

「入讀物理系的女生可多？」

「嘿，超乎想像，一半一半。」

「趁這幾年時間注意有無理想對象。」

阿二插口：「這不是可遇不可求的事嗎？」

祖母另有深意，「你想遇，才會遇得到。」

「那麼，豆子，你要睜大雙眼囉。」

豆子故意把眼睛張老大，祖母與阿二都笑。

進大學禮堂那天，她把手掌反轉遮額前，學孫猴子那般，注意四周圍男生。

唉，金睛火眼也不管用，沒有一個值得多看一眼。

田赫兄說得對，應到帝國學院讀書，校內許有性格特殊男生或教師：身段適中，長鬈髮，不修邊幅書卷氣，說話輕俏動人……不比北美男子，統統像牛肉餅子，滿身騷，寡味道。

那個暑假，豆子學會駕駛，祖母置一輛安全第一的瑞典車給她。

呵要學的全學會了，這些都是盔甲，用來到社會作戰。

同學讚金豆：「神清氣朗，本來讀得昏昏欲睡不時想自殺的科目，有她在就變得可以接受。」

好話人人愛聽，金豆笑得比從前多。

一日放學，順路送完同學回家，阿二開門時神色有異。

阿二低聲說：「你父母親來訪。」

金豆的心咚一聲跳，不是分開了嗎，怎麼又齊齊出現。

多少年沒見？算一算，足有五年多，忽然現身，為什麼而來？

她走進廚房，喝半碗紅豆湯，定過神，「我更衣洗把臉。」

來不及，祖母揚聲：「豆子回來啦，過來一下。」

豆子吸口氣，面上堆笑，走進客堂，只見祖母與一對中年男女坐着說話，三人面色謹慎，向豆子注目，豆子禮貌頷首，雙臂垂直站立。

「豆子，父母探訪你。」

她父母看到一個濃眉大眼少女，健美高䠷身段，姿態端莊，衣着樸素，卻難掩自信神色。

他倆難掩驚喜，原以為少女寄人籬下，一定有若干怨氣，只要有人肯聽，便會諸多抱怨，盡吐苦水，以博同情。

難得她不卑不亢，輕聲叫「父親、母親」，倒叫他們慚愧。

祖母輕輕站起，「有話你們自己說，我不會左右豆子意向。」

金豆連忙說：「祖母留步，一起商量。」

那母親便說：「豆子，你快樂嗎？」

豆子真想笑，但這不是時候，她輕聲回答：「因得祖母多年照應，我生活、學業、健康都非常理想。」

「你長大了。」

豆子這樣回答：「一點不錯。」

祖母牽牽嘴角。

豆子說：「如果沒有別的事，我還要更衣外出補習。」

「你補習何科。」以為她要向人討教。

「我為中學生補物理及生物科。」

豆子一句接一句把自己與生父母距離拉遠。

接着，她向祖母欠身說：「我回房間。」

「豆子，」被母親叫住，「我這次來想問你，我將移民加國，你可願一起。」

豆子吸口氣，一秒鐘作出決定，「一動不如一靜，除非祖母趕走。」

祖母含蓄地悄悄鬆口氣。

「趁你十八歲未到，還可跟隨我移民——」

「謝謝你，不必了。」

她轉頭回房，聽見阿二在身後低聲鼓掌。

豆子掩住臉，這才發覺面頰燒紅，可知心情多麼激動。

她長大了，有力氣幫祖母與阿二擔擔抬抬，做半個跑腿，卻有人挖角，再過幾年，找到工作，可回饋家中，有人想撬走她。

她坐在床角喘氣，「去，看他們走了沒有。」

阿二去探了探，「還蹭着。」

「快讓祖母每人抱一下，吻一個，送他們出門。」

「他們不是為親熱。」

「那為着什麼。」

阿二微笑不言。

金豆忽然生氣，「祖母自己還有幾十年要過。」

阿二問：「你未滿十八，他們強制要你走怎麼辦。」

這時母親叫她：「豆子，豆子。」

金豆小心翼翼出去。

「——我知道你生氣——」

她回答：「我不是敏感聰明的人，我不氣不惱。」

「你想來，隨時來。」

「明白。」

「看樣子祖母喜歡你，虧得你乖巧，聽說已替你準備大學學費及嫁妝——」

她生父也走近，「豆子你月例每次多少，祖母有多少物業？」

沒有人問祖母健康如何，豆子知道老人膝蓋有時會痠痛，眼力大不如前，記憶差了些，還有，晚間咳嗽，他倆一字不提。

「豆子，你做得很好，繼續努力，一生無憂。」

這次，金豆連雙耳都激辣辣紅起。

她說，「你們走好。」

「這是我倆通訊號碼與地址，隨時聯絡。」

父母身上各自搽着濃烈味香水，互相衝撞，刺鼻、難聞，金豆有點受不住，頭暈。

送到門口，關上門，靠牆上。

阿二打開窗戶，切開檸檬辟味。

祖母一句話不說。

豆子上前，打後抱住祖母腰身。

那是她的兒子與媳婦，祖母不能說什麼。

祖孫二人從未曾肢體接觸，她輕輕說：「豆子怎麼了。」

祖母也無從感觸，只得維持緘默。

過好幾天，才與田赫說起。

田赫也不便置評，怎好批評女友的父母呢。

他吻一吻金豆手心。

豆子說：「他們與記憶中完全不一樣，母親毫無怨婦樣子，父親也不猥瑣，也許是生活逼人，已經全無感情，非常現實。只有刺鼻香氣，仍然徘徊。」

「將來，我們吃足生活之苦，可能也變成那樣。」

「不會，我不會。」

「好，好，豆子不會。」

豆子緊緊抱着田赫強壯手臂，臉靠在上邊。

「豆子，我得回一次首爾。」

他沒說的是，父母讓他回去相親。

這個時候，廿一世紀，還有此類規矩？

有，不過並非強制，看一看，說幾句，然後，向父母報告，可能的話，再開始約會。

對方是百貨公司總裁千金，已看過照片，十分秀麗，本身是一名事務律師，比他大兩歲，家裏着急：她不出嫁，弟妹也不好意思爬頭。

田赫已經與長輩拗撬一陣，這次祖父生日，不得不回去一次。

「我們保持聯絡。」

「可要為你帶什麼。」

「一千張美白面膜。」

臨走之前，田赫要求見金家祖母。

金豆沒有事先預告，一日放學，問祖母：「可以見一見我同學否。」

祖母看到高大英軒人形站玄關，「請進。」

田赫恭敬鞠躬，「祖母。」

只見老人並不像傳統老人，穿淡色時髦套裝，臉容端莊斯文，正在修理盆栽，聞聲放下剪刀，「請坐，喝茶，是豆子的同學嗎？」

田赫英俊五官此刻又佔便宜，祖母喜歡微微笑，「為何事探訪。」

阿二把田赫帶來家鄉小食與水果搬進。

田赫略略說了家中情況及學業，出示建築圖樣，其中一間圖書館設計非常別致，橢圓形胖胖略有腰身，打橫座地，像一顆毛豆子。

祖母抬頭。

「是，設計叫豆子。」

老少都笑出聲，豆子臉紅紅。

田赫吃過點心就告辭。

祖母訝異，「禮失求諸野，憑他規矩有禮，叫人歡喜。」

那些西人少年，只會在門外按響喇叭，叫少女出去。

金豆很高興。

有一句諷刺語，叫「你高興得太早了」，有時沒錯。

一日在校，忽接心急慌忙電話：「——摔跤，已送往醫院急症室，速來。」

豆子一顆心從胸中躍出，知會同學一聲便撲出校門，同學拉住，「別自己開車，已叫田赫接送」，一言驚醒，田赫奔出。

兩人趕往急症室。

護士掀開簾子，只見躺着神情痛苦的是阿二，祖母站一旁握手安慰。

豆子鬆半口氣，都是她敬惜的人，當然，祖母至親。

原來阿二在廚房大展身手，預備做一尾複雜的鮭魚二吃，轉身，踩到地上魚鱗，直仆下去，跌傷腳，已照過掃描，扭裂足踝骨，需打石膏。

俗云摔一跤，老十年，阿二傷感不已。

看護勸說：「王二女士，小事而已，不要濕水，用拐杖出入，三個月痊癒。」

「三個月！」

豆子說：「買菜，開車子，我來辦，吸塵洗衣等我也曉得，你好好休息。」

養兵千日，用在一朝。

這才知道阿二姓王。

祖母口渴，還未開口，田赫已買回各種飲料，祖母挑一杯清綠茶，豆子喝咖啡，阿二要溫開水，一下子三個女子都有着落。

豆子心想，在世上，男人還是有男人位置。

出院，豆子扶着祖母。

輪椅推到車門口，田赫索性揹着阿二上車，阿二忙説：「不敢當，不敢當。」

他把阿二安置妥，又等祖孫上車，駛回家。

只見廚房都是食材盆碗，田赫洗一洗手，動手操作。

祖母訝異問豆子，「他會廚藝？」

「他服過兵役，什麼都會，不怕吃苦。」

啊，這小男生有這許多優點。

阿二受驚，洗一把臉就休息。

田赫一下子做妥砂鍋鮭魚湯，盛一碗給祖母。

「好味道好味道。」

田赫細細研究兩個老人家鞋底，「這鞋不好，我知道有體育用品店專售防滑鞋，我去選購。」

立刻出門，不一刻回轉，打開鞋盒，果然是好鞋，內裏鞋墊襯得與腳底弧度一模一樣，鞋底軟熟防滑，祖母一試便喜歡，連忙給紅封包。

田赫不肯收，最後，只自紅包內抽出一張鈔票，忽然之間，他變成自己人。

之後每天下午，他帶來糕點，放下便走，絕不嚕囌，又接送阿二複診。

祖母問：「認識小赫多久？」

「好幾年，他原是我游泳教師。」

「見過他父母沒有。」

「尚未。」

「今天怎麼還不見他。」

「回首爾慶祝祖父壽辰。」

「這幾年我生日過年都見不到你父親，賀卡、電話，什麼也沒有，然後，忽然上門調查我有幾許物業。」終於抱怨，可見已把豆子當大人。

「父親許不在本市。」

阿二插嘴，「每年豆子親手繪生日賀卡不就夠好。」

「是，是。」

阿二足踝漸漸痊癒。

田赫每天傳片段給豆子，見他穿上傳統服，像煞韓劇演員，豆子覺得隔膜。受都會教育影響，豆子已全盤西化，聽過韓裔女同學說：「奇怪，這麼時髦先進城市，許多老少女子不化妝就上街，從政府師長到售貨員均如此。」文化有距離。

豆子租好些韓國電視劇集回家看。

阿二：「你看這些？不是說除出英劇沒甚好看了。」

到哪個山頭唱哪個山頭的歌。

豆子細細觀察田赫氏家人面相，都長得雍容，兄長有雙胞胎幼子，長着可愛大頭，眼睛瞇瞇，穿着韓服似娃娃，有一個女生，秀麗如明星，一直站田赫身邊，笑時用手遮嘴，這是誰。

豆子笑時嘴巴從一邊耳朵張到另一邊，連吊鐘智慧齒都看得到，從不遮掩。

她學着用手蓋住嘴，唷，好不矯情，不想改變作風。

分別才一個星期，十分想念田赫。

終於在家門前見到，她跳上去抱住。

他帶回一支式樣簡單純白色玉釵贈豆子。

豆子十分喜歡，簪在馬尾巴的橡筋結上。

田赫一邊欣賞一邊微笑。

金豆快畢業。

田赫卻並無進一步表示。

「看得出他對豆子關愛備至。」

「豆子還小，不急論婚嫁，過早結婚並無益處。」

「二人站一起真好看，唉，青春呵。」

阿二說：「我一出生就似醬瓜。」

「這一代不能想像半個世紀之前女性世界的落後黑暗。」

家裏多了許多笑聲。

不太笑得出的是田赫。

他向父母出示金豆照片，母親沉默一會輕輕說：「只有做中華料理的人才會娶華裔女子」，田赫頓時反感，但不好說話。

父母介紹的女律師對他好感，幾次聚會，都表態願意進一步發展。

但是金豆子的自然活潑天真深深佔據他的心房，他無法分散注意。

這次分別，他明澈知道，他愛戀豆子。

真奇怪，芸芸眾女，他唯獨鍾情她，她言笑舉止，才能吸引他。

他同父母說想往美國讀碩士。

兄長取笑，問他是否想結交金髮女。

田赫忽覺前途茫茫。

要得到家中資助，必須學兄弟那樣，對父母言聽計從，當然，父母不會叫他走黑路，但那條路枯燥無比，難以形容。

可是，那麼大的人，拿家裏學費生活金而不聽長輩話，又實在說不過去，他不止十七歲了。

他喜愛豆子，握着她小手似握住地球般滿足，但是，真實世界不止那樣。

他每週靠零用金過過活，像上次為照顧金家的傭工阿二，用多了，他自己只得吃麵包。

六尺昂藏泳將兼建築系明星學生，一點實在底子也無，未來三五年間都未必有能力負擔家庭。

女律師暗示她娘家已給妝奩，她與弟妹各有市郊小洋房及市中心小公寓，住這一大項解決，其餘易商量。

這好算今日年青男女天堂之路了。

豆子也為自立煩惱。

與同學商量，「索性讀到博士，教書。」「就沒有別的工作？」「有，麥記永遠請人」，「喂，別洩氣」，「本科並非實用科目，聽來高貴，但無實質」，「欲罷不能，大家都申請助學金繼續讀上去吧。」「論文寫什麼」，「像星際撞擊分子產生熱量可否儲藏引至地球使用」，「地球人連太陽能尚未充份利用」，「那麼，研究日冕造成地球兩極磁場提供能源之可能」……

豆子必須要找到工作。

她去信許多研究所自薦。

滿腔熱血，換來盆盆冷水。

——「閣下所學，尚未具專門性」，「本社希望應徵者有兩至三年工作經驗——」

金豆威頭打倒。

祖母勸：「不如在本校做研究。」

「不能再添祖母負擔。」

「祖母不覺負重。」

豆子苦笑。

一日，與田赫參觀隕石展覽。

隕石是天外來物，特徵是黑墨墨、重、罕見。

最大那塊像矮櫈放門口，不愁被人抬得走。

田赫說：「聽說數萬光年以外某種行星，由鑽石組成。」

「即使得手，鑽原礦氾濫，也不值錢。」

「他們說德卑爾斯公司若把所有原石存貨放出市場，已可達到如此效果。」

物理這一科迷人，足可供終身學習。

豆子在展覽會壁報板上看到聘人廣告。

終於，那間小公司願意與金豆面試。

去到，發覺小小辦公室只得一間客堂，家具用品一看便知全屬二手，一個禿頭微胖中年人也穿白襯衫卡其褲，像那種神經質教授。

一塊大白板上寫滿公式，還有在悶極時繪畫漫畫，像一個人呼呼 ZZZ

入睡，夢中找到適合公式。

這裏有趣，但，聘用什麼樣員工？

「我們請實驗室助手。」

豆子即說：「我頂適合，是配合你嗎？」

「不，你與我助手一起工作。」

即助手之助手之助手，唉，凡百從頭起，地位高低不要緊。

「有薪水否。」

「實不相瞞，只得車馬費，每月一萬。」

「行，可需簽合約。」

「試用期三個月。」

在雜亂抽屜找到一張簡單合約，兩人簽署。

這才知道上司姓名。

「我是俞先教授，我助手是張言博士。」

豆子找到工作。

「可要先把文件整理妥當。」

教授呵呵笑，「整整有條，就找不到東西了。」

他打開一道門，原來另一邊是實驗室，桌子上放滿瓶瓶罐罐，唷，金豆警惕，可有易燃危險物品，這分明是一個化學實驗室，與物理實驗設備相似但不全一樣。

她一眼看到白板上公式，發覺可能是注塑膜設計，該項研究，不少大學正在發展，希望他倆着先一步。

身後響起陌生人聲音：「誰吃了豹子膽——」

豆子轉身，看到一四方臉神氣年輕男子，不由得反唇相稽，「我以為大家是一組人。」

教授連忙介紹：「新聘助手金豆，這便是張言博士。」

豆子與博士四眼交投，互相審視。

事後對田赫說：「大怪與二怪二人組成的實驗室，拿資助代一間叫愛克斯公司做研究，十分曖昧，我的工作是打雜，準備文件、報告、記錄，他倆忙得不得了，有時只吃隔夜飯盒，可憐，試驗一百次，一百次失敗，室內無空調，做得滿頭大汗，下星期愛克斯公司要派人來聽報告，他們做到深夜，成敗就在那一刻。」

「當暑期工做，失敗也是經驗。」

「我也那麼想。」

「收到薪水，請祖母等人吃飯。」

「你說：送紀念品豈不勝過吃食。」

「兩樣都要。」

那邊，豆子口中的小怪問大怪：「怎麼請一個黃毛丫頭做事。」

「別人看到我們規模都打退堂鼓，只有她問詳情，還有，我見到她的笑容，以及略微脫皮的棕色小鼻子，心中愉快。」

都是事實。

小實驗室像多個管家，有人接聽電話、留言、安排訪客，訂購午餐、茶水、付水電費用，添置所需器具用品，文件整齊放妥，需要時一找就有。

會議前把大堂收拾出來，租到枱椅冷氣機給客人開會，報告文件連紙筆一人一份，準備大壺咖啡、茶包、開水、紙杯及小點刀叉，教授一看樂了，這才像個樣子。

博士哼一聲，「重要嗎。」

豆子不出聲，實質固然第一，賣相也不可缺少。

愛克斯公司一共四名人客，第一次見到實驗室整整有條，倒也高興，自斟飲料，聽博士講述研究進展。

豆子一直微笑斯文站一角候勤。

客人對研究進度相當滿意。

打開食物盒，發覺有青瓜三文治與麥卡隆，一邊閒談一邊吃將起來。

一位女客不小心，咖啡沾着袖子，正在抹拭，金豆看到，輕聲說：「容我服務，女士！」在袋中取出一小塊白色橡皮，在袖口擦一下，那漬子即時印到橡皮上，似變魔術似，這所以化學師在古時被稱為術士。

女士大奇，「請給我看這塊膠擦，在何處購得。」

「呵是我個人在實驗室研製，它擦什麼都行：墨水、原子筆，都吸收，膠變全黑便吸飽污漬可以扔掉。」

「可以給我一塊嗎。」

豆子取出拇指大一塊給她。

博士忽然伸手按住，咳嗽一聲，「這是敝實驗室另一項研究。」

女士看着他，「可以公開公式否。」

這下連豆子都笑，「女士那恐怕是另外一張合約呢。」

女士拿着小塊橡皮擦這個擦那個，驚喜說：「什麼都可以擦掉，一絲痕跡也無。」

愛克斯另一位代表說：「心底那些傷痕，也可以消除否。」

豆子笑，「嗯，再研究一下。」

張言博士大為詫異，這少女搞氣氛手段一流，有她在，人人都歡歡喜喜。人客走了，博士問：「這次茶會開銷若干？」

「兩百八十五元，連小費三百二十。」

「什麼，這麼便宜。」

「由鄰街好記茶餐廳包辦。」

「好記會做麥卡隆？」

「我教他們兩塊蛋餅夾一點奶油。」

教授哈哈笑。

豆子在家研究華裔與高麗歷史關係，所有歷史都叫人欷歔，豆子只揀好的說：「浙江有個地方叫明州，即今日之寧波，自明朝開始，與高麗國來往經商。」

祖母說：「寧波是金家故鄉。」

豆子大吃一驚，「我是寧波人？」

「是呀，我父親也做造船生意。」

豆子張大嘴，活到成年，她還是第一次知道籍貫是浙江寧波，不由得落淚。

阿二問：「想念故鄉？」

豆子回答：「因為完全不知故鄉何處與全不知想念才傷感。」

祖母忙安慰：「這間屋子就是你的家。」

與田赫說起，他笑笑說：「兩國關係並非時時友好。」

「我也讀到這一節。」

「家母想見一見你。」

不知怎地，豆子輕聲拒絕：「還未到時候呢。」

田赫意外，不想逆她意思，不出聲。

小子向祖母訴苦。

祖母問：「你怕會有變卦？」什麼都瞞不過智慧老人。

田赫不出聲。

「談到婚約沒有。」

「尚無成家能力。」

「不妨先租小公寓居住，或是搬到祖母這裏，反正將來我的產業也屬於金豆。」

田赫連忙站起，「祖母，萬萬不可，我會一輩子直不起腰。」

沒想到他那麼迂腐，叫人尊敬。

「這樣吧，我有一幢兩房小公寓的租客剛移民搬走，你與豆子去看看，租金七折。」

田赫額角冒汗。

「豆子也有嫁妝呀。」

「祖母好意我全明白。」

「不要與父母鬧翻，那是天理不容之事，有話慢慢説好好講。」

「是，是。」

那晚祖母問豆子：「為何拒見小赫父母。」

「我至怕打躬作揖。」

「總得見公婆。」

「我並無打算廿一歲結婚。」

「竹蔭街那幢小公寓，你去看看是否適合。」

豆子大聲答：「我永不會與祖母分開住。」

祖母不由得淚盈於睫，「豆子。」

祖母決意陪豆子看房子。

小公寓客廳外有一不太小露台，可供二人坐着喝茶，窗明几淨，相當舒適。

上任租客搬走，但留下幼兒用三輪車，豆子坐上去，在屋裏兜一圈。

這時剛好中介帶新租客看房，也是一對年輕夫妻，甫進門便歡喜，「廚房十分乾淨」，「另一間房間可以分租」……

豆子好奇，「你倆如何分配收入？」

那年輕女子答：「每角錢省得便省，十分艱苦，鬼鬼祟祟回家吃飯，又省一筆。」

祖母忍不住笑。

中介說：「這位是業主，你們可以還價。」

祖母笑，「天下有你這種掮客，公寓我孫女要用，不出租了。」

年輕夫妻徒呼嗬嗬。

「為什麼不自置樓宇？」

中介忍不住，「欠首期呀，何不食肉糜小姐。」

豆子臉紅紅。

上了一課，回程中沉默。

她心不忿，「為何上一代做得到？」

祖母答：「時勢不一樣，上一代會吃苦，這一代忙着旅遊、穿時裝、喝紅酒、發牢騷，怨父母怪政府，不懂儲蓄。」

「祖母指桑罵槐。」

「豆子不一樣，切勿多心。」

豆子回到實驗室，忽然訪問張博士：「你，你自置樓宇，抑或仍住爸媽處。」

張言看着她亮晶晶大眼，據實回答：「家母年前去世，我承繼她唐樓，住得相當愜意。」

那麼神氣，靠的也是大樹之蔭。

「可以參觀一下否。」

「蝸居十分雜亂，不甚方便。」

「那好，今日下班即去。」

教授在一邊笑。

豆子不放過他，「請問教授這些年又住何處？」

「老妻早年精打細算，靠政府津貼，分期付款，如今有瓦遮頭。」

「豆子你問這些幹什麼？」

「我也想置業。」

「嘩，宏願。」

「有志者事竟成。」

「你聽過精衛填海、愚公移山的故事吧。」

那天下班，張言問：「不是去舍下參觀嗎？」

豆子跟着他走。

教授拉着博士，「她有男朋友，高大漂亮，當心。」

博士笑一笑。

因是舊式唐樓，需跑四層樓梯，鄰居有些不關大門，只拉鐵閘，可聽到小孩吵架，無線電播流行曲，狗叫汪汪汪。

豆子沒想到他蝸居那麼舒適，百分百王老五之家，大電視玩電玩，自行車停門內。

豆子以為都會早已失卻這種風貌，確是她孤陋寡聞。

樓底極高，有露台，種滿花樹，香氣撲鼻，呵是米蘭與白玉蘭。

豆子歡喜，坐一張古老紅木椅上，喝着張言斟出的壽眉茶，感覺似時光遊客。

客廳沒有沙發椅，只得一張碩大無比舊木桌子，吃飯、做功課全靠它。

豆子老氣橫秋稱讚：「你很能幹。」

「不敢當。」

「你是粵人。」

「正是，閣下呢。」

「浙江，當年南下，多多少少曾遭粵人欺侮。」

「粵人較為倔強，不擅轉彎，容易得罪人。」

「可是，歷年與英國人相處不錯呀。」

「英人奸詐無比。」

豆子哈哈大笑。

張言凝視少女，她聰敏漂亮，學習與工作能力俱高，笑時尤其可愛，「一看就知道是家中寵愛的小女兒」，他說。

豆子收斂笑意，「你不認識我。」

「怎麼見得。」

「家祖母當初收留我，曾叫看護細細檢查我身體，看我頭上可有蝨子，身上可有蟲蛀。」

張言嚇一跳，沒想到金豆會忽然對他說出真話。

他輕聲說：「過去的事，不必緊記。」

「博士說得對。」

他們一起在小館子吃飯。

正喝香甜豬骨湯，豆子收到田赫電話。
「可要游泳？水溫剛好。」
「我吃完飯接你。」
「今日放水洗池，會休息三天。」
「那我馬上到。」
張言看着她，「是男朋友急急如律令吧。」
豆子甜蜜回答：「他不像你，從來不取笑我。」
「為何講英語。」
「他不是華裔。」
啊，都會華洋雜處，四海之內，皆是對象，張言留學之際，也曾有金髮女友，隨後發覺，她們比較邋遢，有股味道，是，有人喜歡她們似野生動物，但張博士漸漸——
「對不起先走一步，改日回請。」

張言無言，叫服務員把叫了的菜飯打包，他隨後來取。

「我送你。」

「西邊公眾泳池。」

車子駛到一半，聽到警車嗚嗚自背後迫近，路上車輛紛紛讓到一邊容警車通過，接着，又有救護車爭路。

豆子心中嘀咕：什麼事。

終於，路面恢復寧靜，他們駛近西邊公眾泳池，一看，怔住，剛才的警車與救護車就停在門前，制服人員忙碌工作，圍觀者眾。

張言下車，走向前。

被警員攔住，「止步。」

「什麼事？」

警員答：「有人遇溺。」

那邊，相熟家長看到金豆，連忙拉住，「豆子，你來了」，忽然哽咽，說不下去。

豆子握住她手，「可是孩子發生意外。」嘴唇顫抖。

「豆子，是田赫。」

「田赫？」

「泳池清場關閉放水，不知恁地，有一小童，竟趁家長不覺回轉，跳下水，被旋渦捲住，一隻腳拉不出，那母親大聲喊救命，田赫聽到——」

這時，那家長的聲音已漸漸低下去，蚊子叫一般。

張言走近，手搭住豆子肩膀。

——「他躍下水，奮力把孩子拉出丟上池畔，他自己卻被絆住……」

豆子聽到自己說：「他是游泳健將呀。」

「他沒上來，」家長淚流滿面，「救護人員趕到，關掉去水管，他才浮上，他們急救……」

人呢？

「請讓開，讓開。」

擔架推出，架上躺着全身蓋住罩布的人體。

那家長不住哭泣。

金豆呆呆看着擔架，推上十字車剎那，擔架遇阻頓一下，人體一隻手臂落出罩布，豆子看到腕上熟悉的潛水手錶。

毫無疑問，這是田赫，泳將，怎麼會。

有人追近。

「可是家屬？」

一對臉色煞白魂不附體的中年男女跌跌撞撞被拉上救護車，豆子想上前，已經來不及。

白車嗚嗚聲駛走。

豆子發獃，她走到一角，靜靜坐下，握住雙手不言不語。

不知蹲多久，豆子抬頭看天空，明月如鈎，人群已經散去，她想站立，一下又沒站穩，又坐下，第二次站起，有人扶住。

「啊，博士是你。」

他一聲不響扶她上車。

在車廂，豆子頭上的玉簪忽然落下，原來已斷成兩截。

回到家，代豆子按鈴。

阿二開門，「啊，是張先生。」

祖母已在看電視新聞，報道的記者無限惋惜，「建築系學生田赫是游泳班志工，眾習泳孩子都稱讚他泳術高，人品好，沒想到……」

金豆走近祖母，祖母摟住她肩膀。

張言悄悄離去。

豆子說：「我累極。」

她回房間浸浴，習慣把內衣洗出晾好，然後倒在床上，蒙頭大睡。

阿二悄悄看過她幾次，她都沒有動靜。

沒想到第二天一大早她穿戴整齊出門上班。

阿二焦急，祖母擺手，「隨她去。」

回到實驗室，張言比她早到，迎出，「豆子，我買了早餐給你。」

一看，是好記的蛋三文治及濃稠奶茶，她一口氣吃下，一聲不響看文件。

教授回轉，靜靜朝張言打眼色，意思也是隨她去。

豆子如常工作，坐立不安茶飯不思的是張博士。

教授輕聲問博士：「那小青年的寶貴生命就此結束？」

博士點頭。

「太可惜，只好說生死由天。」

年紀越大，越懂得開解自身，這叫智慧。

「豆子怎麼辦。」

「克服悲傷，活下去。」

「她做得到嗎。」

「必須打這場仗。」

午飯，他特地買了一碗魚片粥給豆子。

豆子吃得光光。

「豆子，那塊橡膠——」

豆子抬頭，博士這才看到，她平時晶光燦爛大眼此刻空洞，像是可以看穿腦袋，到對面牆壁。

他暗暗吃驚，表面不做出來，輕聲說：「愛克斯公司對該萬能橡皮極之有興趣，希望研發，我與教授都明白，那是你的研究——」

豆子似不明白，「橡膠。」

「是，這一塊。」

「啊，它。」

「你可有把配料方子記錄下來。」

她像絞盡腦汁，「橡膠。」

教授出來，示意博士走近。

他把手中文件給博士看。

那都是豆子上午整理出來報告，只見紙上密密麻麻，每張都打着「西邊公眾泳池。」

博士看了顫抖。

「送豆子回家，好好休息。」

博士想一想，「隨她去。」

教授一怔。

「至少有我們看着。」

教授點頭。

豆子一直坐到傍晚。

她家人曾經電詢：「請問金豆可在辦公室？」

「請放心，她無恙，已吃過早餐及午飯。」

那邊阿二稍微放心，「下班了嗎？」
「我會送她回家。」
「你是張先生？」
「不錯。」
「謝謝張先生。」
張言取過外套，「豆子，下班啦，我送你。」
金豆茫然抬頭，張言握住她手。
到家門把人交給阿二。
「明早我來接她。」
「豆子可適合在這種時段上班？」
「讓她回實驗室坐着什麼都不做也好過在家發獃。」
「是，是。」
這樣一連五天，張言把豆子接到辦公室坐好，隨她做什麼，同時，看着她吃飯。

她收到電郵：「在田赫先生的電話中，我們發現閣下號碼，想閣下必是田赫生前友好，特此知會，田赫將在本星期六下午三時在靈糧教堂舉行追思禮拜，請以奉獻代替鮮花為要，田氏夫婦謹啟。」

豆子讀完，伏桌上不動。

張言斟一杯熱茶給她。

教授不出聲，張言心意，路人皆知。

豆子彷彿盹着，中午才抬頭，頭臉紅腫。

豆子並沒有往教會出席追思禮拜。

張言代她去一趟，也沒表露身份。

據牧師說，田氏夫婦已把兒子帶回首爾。

張言到金家當着祖母把事情經過告訴豆子。

豆子默默聆聽。

祖母也無言。

阿二出來說：「張先生請用點心。」

豆子一直沒有痛哭抱怨訴苦，她彷彿只是不明白這件事怎麼會得發生。

時間，或許會治癒一切傷口。

或許不。

如果傷口太深，醫生治療時刮除爛肉保命，一不小心，把心臟也拉出，見已感染，只得當生物廢料扔卻，那麼，永遠失去這顆心，治好肉身，也只是個空殼子。

豆子已記起前事。

她把製造那塊橡皮的公式寫出。

教授笑，「原來這麼簡單。」

謎底，永遠是簡單的。

「專利權費用該如何計算，我們得請教律師。」

豆子開口：「教授——」

張言接上去：「需永久抽取利潤百分之若干。」

豆子卻說：「教授，我想出外旅遊散心，我請辭實驗室工作。」

教授黯然，他一早知道不可能長遠留住這明敏少女在小小黑暗實驗室做助手，但沒想到這麼快，「你可隨時回來，不要提辭職。」

張言自然比他更急，「去何處？」

「隨便哪裏，有水的地方，或是海、湖、河、江，我喜歡水。」

張言難過，說不出話。

「張言，」教授說：「你陪豆子一起。」

「不不不，我堅持一人。」

祖母不允，說她也N年沒出門旅遊，非得挑湖邊一個好去處。

「湖是大型水份聚集最溫柔之處，加國蘇必利爾大湖被土著叫『甜水之海』。」

「祖母我希望一個人。」

「這不是扔下祖母的時候。」

「祖母——」

「我一定要陪着你，不要再說，我已足七十歲，你不可在此際忤逆。」

這話痛心，也含恫嚇作用。

這時阿二拍手，「好，一家三口去旅遊。」

與祖母商議好幾天，徵詢意見，決定先到溫哥華。

豆子說：「那是鬧市。」

「接着，我們往一個叫奧基那根的小鎮。」

她們攤開地圖，「這裏。」

豆子看到圖上一塊藍色湖泊。

「奧基那根湖著名明媚，四周都是葡萄園與果林，我們兩老打算學釀啤酒。」

人生七十古來稀，做什麼都有理。

「已經租下度假屋，豆子你一人住一間，我們不妨礙你靜思。」

祖母恁地體貼。

那邊，教授問博士：「你為何不緊隨而去。」

「不能乘人之危。」

「你會後悔，處世，非得老皮老肉不可。」

「總不能沒臉沒皮。」

那邊，金宅三口如期出發。

到溫埠在酒店住宿一宵，陪祖母逛街，只見名店林立，遊人如鯽，祖母親友紛紛探訪，要求聚餐，見到豆子，立刻說要介紹好青年。

結果一桌不夠，足足兩席，也真有英俊青年參加。

伯母阿姨們見到金豆子默不作聲斯文相，十分歡喜。

知道她們下一程是奧市，遊興大發，「我們也一起，快去訂度假屋，奧市與美國接壤，我們順道一逛，別忘記帶護照。」

人頭湧湧，小市鎮忽然多一批遊客。

豆子不理他們，早些告辭。

一個年輕人送她。

「老人家興致高身體也好。」

「……」

「豆子會潛水否，我樂意與你切磋。」

「……」

他見豆子有點憔悴，只以為是長途飛機磨人，笑笑把她送到酒店門口。

豆子一人走到附設酒吧坐下。

一個穿透明網紗歌衫的黑人女子在吟唱藍調，句子含糊不清，異常性感。

豆子叫一杯威士忌加大塊冰，一口喝下。

她走到房間，忽然嘔吐，急往浴室。

把剛才吃的晚餐吐得一乾二淨，看仔細一點，有無心臟脾肺。

她不想驚動祖母與阿二，蒙着頭睡覺。

第二早阿二敲門，「豆子，出發了。」

她連忙淋浴梳妝，到大堂，發覺十多人在等她。

都是昨日聚餐的退休放暑假人士，說走即走，全無牽無掛，真是幸福一群。

阿二交一壺熱飲及三文治給豆子。

酒店訂了小型水陸兩用飛機，一行人登上飛機，昨日那年輕人坐豆子身邊，不肯與別人調位子。

太太們在飛機上玩紙麻將，說些移民苦樂。

豆子聽一句沒一句。

——「屋子漲價到荒謬地步，照薪酬計，只有3%市民才能負擔。」

「幸虧早些日子抵埗立刻置業，先租出去，現在收回裝修一下，即可給子女居住，那時孩子們才七八歲哈哈哈。」

「咄，孩子未出世我已買下英吉利灣公寓。」

當然，他們人生必定也有不如意事，但這一刻相互比較鬥嘴，煞是高興。

年輕人對豆子：「你不愛說話。」

豆子看着艙窗下一片綠色，河流彎彎，小型飛機低飛，可見公路上來往車子。

水陸飛機浮水停碼頭附近，眾人步行上岸，旅館服務員笑咧嘴，用普通話說：「歡迎歡迎。」將客人迎入。

連祖母在內都不覺疲倦急急要安排下一檔節目。他們之中的隊長說：「廿一至四十八歲隨我來，年長者先休息一會，傍晚出發探葡萄園。」

豆子預備休息。

年輕人失望，「你幾歲？」

豆子忽然開口答：「一百歲。」聲音蒼茫。

年輕人一怔。

豆子並沒午睡，她走到長長木板碼頭最前端，有人字頂蓋，兩張帆布椅，她坐在那裏，呆看藍天白雲綠蔭，這時才靜下來。

一個小男孩走近，「小姐，可要釣魚？我有工具出租，一小時廿元。」

他要發財了，還正說，已把魚竿取出，放上魚餌，那魚餌並非活蟲，而是顏色鮮艷閃閃生光會得迎風轉動的飾物。

豆子想，這樣，魚兒就被蒙了去，人也一樣，被五光十色、光怪陸離的美麗海市蜃樓，瞞騙一生，還樂不可支。

男孩收了廿元，替豆子把魚絲扔進湖裏。

湖在地圖上只得花生大小，但此刻卻看不到岸，豆子發現湖中央有□□□那樣黑色事物，脫口問：「那些都是什麼？」

男孩子看一看，「呵，是船屋。」

「船屋？」

「浮在木筏上小屋子，住人，極舒服。」

「怎樣與岸上聯絡？」

「有小船呀，還可以划獨木舟。」

匪夷所思，何等逍遙。

「可有出租？」

「那就不知道了。」

「你可上去過？」

「你別看好似很近，可要游上半小時，父母不讓八歲的我冒險。」

豆子點頭。

魚絲居然抖動，男孩幫豆子扯起，是一條小小石斑魚，小孩煞有介事拿起一把尺量度，「喲，未夠六吋，得放生。」

他除去魚鈎，把魚丟下水中。

這個自由國家有趣，事事都管，鐵定規則，因為你的自由不是他的自由，甲的任性會造成乙與丙的不便，必須設法立例共存。

船屋

他收拾工具，「我回去了，明天見。」

豆子忍不住問他：「你是快樂的不是嗎。」

「耶。」一臉雀斑的他愉快點頭，飛般奔走。

眾人沒有打擾金豆，聽得到他們歡笑聲，忽然猜起拳，「你頂帽啦」，「八匹馬呀」，華裔遊客本色，反正小旅館已經被他們包下。

豆子朦朧入睡。

有小小聲音對她說：「西—邊—泳—池—」

她脫口回答：「我知道。」

「你還等什麼。」

「我這就來。」

她找到泳衣，剛想換上，有人敲門驚醒她。

「豆子，出來觀星。」

是那年輕人聲音。

呵，隨我去吧，不要叫我，還起來幹什麼。

門咿呀推開，年輕人取過長大衣，罩豆子身上，又替她穿上球鞋，拉她走到空曠之處，仰頭一看，豆子呆住，整個蒼穹密密麻麻是星，撒了一天水晶粉，偶有流星劃過，留下長長尾巴，卻默默無聲。

「許一個願。」

豆子脫口說：「願祖母長壽安康。」

年輕人鋪開一條毯子，「坐着觀看，……輕羅小扇撲流螢，天階夜色涼如水，臥看牽牛織女星……」

年輕人看樣子是土生，記得這麼些，已經不容易。

整個夜空瀰漫水果香，並非天堂，almost。

豆子站起，忽然腳軟，咚一聲摔跤，年輕人吃驚，連忙扶起，但豆子已摔着鼻子，鮮血長流，她忍住痛，不敢流淚，只怕全身液體化作淚水。

年輕人嚇得扶她找醫生。

度假屋只得老經驗看護，她檢查過，「沒事，一下就止血。」

血止住，她吁出一口氣。

「金小姐真好不怕痛。」

金豆嗯嗯響，硬生生把眼淚逼回，五官通紅。

忽然，過去十年委屈全部列隊上陣。

想起住在那阿姨家中，人家曾叫她替小孩擦乾淨及倒痰盂……

祖母叫她不要難過，「幸虧如此，要是對你好一點，你此刻還留在那裏。」

年輕人一直默默陪她走回旅舍。

一群旅客總算休息。

她終於睡着。

第二天起來，大隊往葡萄園。

年輕人卻等她，一邊讀報紙。

「鼻子怎樣？」

鼻孔結瘀血，他幫她清理。

他趨很近，身上有藥水肥皂香。

他笑說，「聽說你是物理學生。」

牙齒雪白整齊，一看就知道好出身，自幼父母便照顧他個人健康，牙齒箍成一排編貝，還有，功課出現 B 級便大驚失色補到 A 為止……

年輕人叫什麼名字？

她覺得他在騷擾她。

阿二問她：「仍然不清淨？」

「世界是大家的。」

阿二微笑，「說得好。」

三天過後，眾人走掉一半，年輕人仍然躊躇滯留，與豆子說：「聽說你來休養，我家在下城有一空置小公寓，假如你願意的話，可以入住。」

「我與祖母喜歡小鎮。」

「我要回轉上課，週末再來探你。」

豆子竟有點高興，他要走了。

年輕人的母親握住豆子的手，「有空到舍下吃飯。」又問阿二：「養什麼病？」

「工作太緊張，放假鬆弛。」

再過三天，剩餘的人也離去，旅館服務員站門外歡送。可見小費甚豐。

只剩豆子與祖母。

豆子仍然到碼頭尾端靜坐。

她們也遲早要回家，如此扣留祖母未免不公，當初來時腳如千斤重，走不動，此刻，要回去，又不欲挪動四肢。

她穿着短褲背心，皮膚已經曬棕，一副健康相，但不知怎地，身上沒有一顆細胞不寂寥。

有其他旅客問：「這位小姐願意加入我們馬車遊湖畔否」，她禮貌推辭。

一日，獨自走到鎮上，看到出售當地紀念品店舖有玉石裝飾品擺賣。

她問店主：「可以修補這枚玉簪否。」

取出那斷為兩截玉釵。

店主取過放大鏡看一回，「這是緬甸白玉。」

豆子點頭。

「這華南玉十分稀罕斷開後再也黏不回去，最近有種膠水用激光發動，什麼都可以補，但這玉除外，隔一會，仍然在原處裂開。」

「一點辦法也無？」

「工匠巧手用金屬箍住斷口接牢，你見過一些玉鐲嗎，就以這種方式駁回，當然，價值差許多。」

「貴店會做否。」

「我們不懂，你是亞裔，家鄉一定有人會做。」

「打擾你了。」

她又到另一家體育用品店內買泳衣與救生衣。

「小姐你是遊客吧，打算到湖中游泳？這幾日水溫 8℃，有點冷，你要當心，多數旅舍有泳池，比較安全。」

「明白。」

小鎮對遊客如家人好友。

她挑一件全黑短袖短褲泳衣，試穿救生衣。

「這件最新款，托着頸與頭，防溺水，有事拉動這兩條繩鈕充氣，與飛機上救生衣原理一樣，小姐，切記游泳坐艇皆不宜喝酒。」

金豆不由得笑。

「太陽七時三十分下山，八時很快黑透。」

「都明白了。」

這麼多苦口婆心的好人。

阿二親自落廚，做鮭魚粥給豆子吃。

「你的同事每隔一日給你電郵，你看也不看。」

「都說些什麼。」

「一塊擦字膠，我不大懂。」

「真無聊可是。」

「張先生十分關心你。」

「我出去走走。」

「天黑得快，早些回家。」

阿二把電筒與毛毯交給她。

她走到碼頭盡處，輕輕脫下外衣長褲沒入水中，水溫陰涼如另一世界，豆子一向不喜暖水池，泳客似餛飩，燙熟便可上碗。

她緩緩向前游。

十二歲那年，田赫教會她游泳，在他所有學生中，豆子技術至差，他不以為忤，偏偏鍾情這個學生。

豆子閉上雙眼，心如刀割，她奮力游前，過一會，倦了，浮在水上。

啊，田赫。

她睜開眼睛，以為可以看到滿天星斗。

但是四周一片漆黑，叫她吃驚，這是一個沒有月亮星辰的晚上。

而且，忽然下起大雨。

豆子揉眼，這才明白，太陽落山，沒有霓虹燈照明，頓時伸手不見五指。

這一嚇非同小可，她太大意，幸虧身上有救生衣，雙目習慣黑暗之後，她看到一點燈光，鬆口氣，那想必是碼頭點的燈，向該方向游，一定可回到旅舍。

冰冷海水，孑然一人，她忽然笑出聲，哈哈哈，太可笑了，在湖中迷路。

會不會觸到時光蟲洞，淌進另一空間，而她的田赫，會微笑着款款迎上，「豆子。」

她竭力游向燈光，忽覺氣喘，是水溫太冷，左腿忽然抽搐，痛不可當，用不出力，她用力拉救生衣灌氣鈕，卻扯不動，原來新拉繩用塑膠環扣住，她忘記剪除，這下子糟糕，她只得靠部份浮力把頭抬起。

心卻平靜。

金豆，廿二歲，夜間游泳遇溺，遺下……誰，祖母？不行，祖母會傷心，還有無辜阿二，她不能辜負她們。

漸漸趨近那微弱燈光，她咬住牙關，用手臂划水，忽然碰到一件東西，一摸，是一條粗繩索，她得救了，沿着繩子，邊拉邊上，不消一會，頭咚一聲碰到硬物，是木板，到碼頭了。

她在邊上用力爬上，被蠔殼擦損手足，全身冷得簌簌抖，但總算離了水，她記得有電筒及毯子放碼頭，在何處？

藉着些許燈光摸索，從未如此狼狽過，忽然愕住，張大嘴。

不，這不是碼頭，這是一塊大木方，是木筏！

木筏上有一間尖頂小屋子，有門有窗，燈光便由窗戶透出。

金豆想提高聲音喊：「有人嗎，請幫我」，但牙齒嗒嗒相碰，作不得聲。

她倒在木排上，爬行到小屋門口，冷得痙攣，終於，她推開門，小屋內有些微暖氣，她滾進，喘氣，靠住屋壁，「救我！」

這時，忽然看到一雙綠色眼睛，豆子嚇得魂不附體，叫苦連天，這是什麼，是魔鬼現形嗎，忽然聽見咻咻呼吸，她快要暈厥，那兩隻眼睛趨近，伏到她身上。

豆子驚覺是一隻毛茸茸大狗，走近為她取暖。

金豆連忙抱緊：「謝謝你狗狗，謝謝你。」

狗像一條電毯子，叫她四肢漸漸恢復知覺活轉，不再顫抖抽搐。

這時，看清楚，牠是一隻黑色拉布拉多大犬，這種狗，最擅泳，救人無數，看樣子屬於船屋主人。

她揚聲：「主人在家否？」聲音沙啞。

無人應，船屋小小，面積經濟，卻有廚房浴間安樂椅、工作桌，以及小閣樓上臥室，像哈比人住宅，十分有趣。

照明的是桌上一支小電燈，看情形船屋還有它的發電機。

主人不在。

金豆爬起，找到毯子及乾淨衣服，不管是誰的，用了再說。

這時，狗狗拉開冰箱。

金豆看到啤酒，二話不說，開了就喝。

經過這一番折騰，死裏逃生，她實在捱不住，倒在地板，昏睡過去。

朦朧間只覺狗狗就靠在她身邊，守着她。

唉。

醒不醒轉都算了。

忽然有人叫：「老伯，老伯。」

豆子睜開眼，黑狗比她更醒覺，已走到門口推開。

一個十三四歲土著小女孩站門口，手裏提着供應品，一見陌生人，好奇問：

「你是誰，老伯的人客？老伯不在？」

黑狗上前挨擦。

「乖，芝麻，乖。」

狗狗的名字叫芝麻。

「你還沒吃早餐吧，我做給你。」

小女孩像半個主人，立刻開火做煙肉炒蛋。

金豆發誓，她沒有聞過那麼香的雞蛋，女孩還帶來新鮮麵包，一併烤香給金豆，並且開狗糧餵芝麻。

豆子一邊吃一邊問：「我怎樣報答你？」

「你謝老伯得了，食物由他叫我購買。」

「你怎麼到船屋？」

「我划小艇。」

「可以載我走嗎。」

「沒有問題，你是對面旅舍的遊客吧。」

女孩打開桌上一隻鐵皮盒子，「看，全是借食物借住宿的人留下借條。」

金豆一看，全是「瑪莉借三罐啤酒」，「彼得吃掉兩根香腸」之類條子，又留下零碎鈔票，看樣子言而有信，有借有還。

「我身邊沒錢。」

女孩笑：「下次。」

還有下次？

「你是屋主老伯什麼人。」

「我也是他朋友，他付我酬勞，我為他服務，像清潔倒垃圾之類，我要走了，你準備一下，我載你。」

「請問芳名。」

「我是馬斯契族的小藍花，白人名字安妮。」

「謝謝你。」

金豆收拾一下，寫下借條：「早餐一份，衣褲各一，借宿一宵，還有，芝麻的體溫，小藍花的友情。」

抱一抱芝麻才走，芝麻送到木筏邊，「汪汪」。

小花笑，「嘩，你欠老伯起碼三十塊錢。」

金豆乘小木艇回岸，小花左一划右一划，在平靜湖邊似箭一般滑前，看來是自幼練成武藝。

到達碼頭，金豆說：「等等，我付船資。」

「下次吧，五元就好。」

「喂——」

小花已經嗖一聲划遠。

豆子上岸先找老看護，她一看，瞪大雙眼，「你與五百磅鯊魚搏鬥？遍體鱗傷」，連忙給她敷藥。

阿二找上來，「豆子，昨夜你去了何處，嚇壞我。」

「我在鎮上喝酒，沒事，回來了。」

「你同誰打架？」

「我摔一跤。」

阿二頓足，「祖母有話說。」

「我梳洗後就過去。」

豆子泡一個熱水浴，全身肌肉痠痛，關節發麻，老了三十年，她在臉上塗厚厚護膚油，洗完澡才抹掉，換上自家運動衣，請服務員把借用衣褲洗淨。

伊長長吁出一口氣，撫摸胸口，見祖母。

祖母凝視她，「豆子，你落了形，雖說年輕，也經不起這種煎熬。」

豆子決定只聽教訓，不發表意見。

「豆子，祖母總會撒手，緊緊扯住你，又還剩幾年，我一定比你先走一步，我今午乘飛機回家，隨你跟不跟……我累了。」

「祖母。」

「老角應當漸漸淡出，豆子，你自己作主，你若需要我意見，我一定有忠告，但不再一天廿四小時管束。」

豆子握住祖母手搖。

阿二低聲問：「你放心？」

祖母無奈，「不放心也得忍耐。」

老人吩咐阿二收拾行李，一邊說：「這次玩得十分暢快愜意。」

金豆子送走祖母，躲房內睡足一天一夜，手腳連轉身都痛。

終於醒轉，腹如雷鳴。

走到餐室點菜：十二安士T骨牛排，大杯巧克力奶昔，芝士蛋糕。

一個人坐着大嚼，服務員瞠目，往日，她喝一個清湯都剩一半。

然後，她緩步往鎮上體育器材店。

「易駕摩打橡皮艇。」

店主笑逐顏開，大買賣進門，全球經濟不景，所有生意都貴重，急忙招呼。

忽然，金豆覺得有人挨她大腿，她怒目，誰這麼大膽，看清，大喜過望，

「你，芝麻！」蹲下擁抱。老實說，芝麻身上頗有味道，但，牠是救命恩人，誰會介意。

黑色大狗體積相當驚人，白天看上去也具震撼感。

「你怎麼出來了，老伯呢，來，一起吃牛排。」

「小姐，那就要這一艘了。」

「請你送往湖邊旅舍。」

「是，是。」忙接過信用卡。

金豆牽着芝麻走到街上，「老伯，老伯。」高聲喊。

迎上的是小藍花。

「小花，我們又見面了。」十分高興。

忙掏出所欠酬勞。

「五元足夠，老伯說這是規矩。」

「那麼，這是付老伯的ＩＯＵ，你給我帶去，喂，你別走，一起吃蛋糕。」

小孩與狗，沒有不愛吃的，她們坐露天，金豆請廚房挑大塊肉骨，炙熟給芝麻，然後，讓小花挑隻蛋糕帶回家。

「老伯可在鎮上？」

「他可能在銀行辦事。」

但是金豆沒找到他，再轉頭，小花芝麻亦已離去。

這次又失之交臂。

回到旅舍，橡皮艇已送到，大家都圍住看。

「替你綁到碼頭好否。」

豆子點點頭。

有人把手搭在她肩上。

金豆本能地摔開那隻手。

「豆子，是我。」

她一抬頭，看到張言熟悉的面孔，一時怔住，剎時幾乎連名字都叫不出，這叫恍如隔世。

張言卻有點激動，「你又黑又瘦，還好吧。」

「你終於抽到空？」

「我想你呀。」接近大自然，有話變得實說。

「放得下實驗室嗎，只剩博士一人可以嗎？」

「我以為你已經忘記實驗室。」

「一起喝杯咖啡，往何處，留幾天？」

「看情形。」

張言握住她手不放。

豆子把他的手在腮邊擱一會鬆開。

「你還打算留多久。」

「至心境平復吧。」

「你明知三五年內沒有可能，你與他青梅竹馬，感情深厚。」

「你說得對，那麼，就住下，明日到鎮上找公寓房子。」

「實驗室等你發展那塊擦膠。」

「我已交出公式，小玩意，不足掛齒。」

「你不怕教授與我吞沒你那份？」

豆子笑，「不，我不怕。」

張言又氣又好笑，不覺一起走到碼頭，藍天白雲湖水碧綠，忽見鴨媽媽帶黃毛幼鴨游過，那些小東西都攢集媽媽尾巴，趣致無比，數一數小鴨頭，一共十枚，老好張言為之笑出聲。

真是樂土，肯定也有紛爭，但——

這時孩子與狗縱身橡皮艇上蹦跳。

張言指着湖中心木筏，「咦，屋船，這些人竟風流至此，木筏可用汽船拖動到處游走，要吃河鮮最方便，整個湖是池塘。」

豆子微笑，「可是，不適合你。」

張言不服氣，「因我沒有家財，需要賺錢，日後許有能力為自己贖身過自在日子。」

「贖身，你在青樓工作？」

「我確有賣笑。」

豆子哈哈哈笑，忽然怔住，掩嘴，怎麼，又會笑了，如此涼薄，虧你笑得出，她黯然。

「豆子，小鎮鬆弛氣氛的確適合你。」

「來，我們試一試橡皮艇。」

「我有幾份合約給你簽署。」

豆子佯裝聽不見，開啟小艇摩打，試半晌，它老是打轉，豆子專注練習，張言在岸邊看她，豆子眼中晶光似又出現。

終於，汽艇可以直線行駛，她又笑出聲。

張言鬆出一口氣。

傍晚回到旅舍，他出示合約。

金豆不看小字，便簽下名字，約莫是她佔百分之三十，教授博士各佔百分之十，研發推廣者愛克斯公司佔另一半。

「可是，各式橡皮已充斥市面。」

「愛克斯公司負責人說，這塊橡皮，用作卸妝。」

金豆一時不明。

「啊，明白。」

「女士、小姐們濃妝多數用油抹掉，十分髒膩——」

「愛克斯公司說，希望銷路以億萬計。」

「生產、包裝、推廣、促銷，他們佔百分之五十是應該的。」

金豆打個呵欠。

大家都該休息了。

張言清晨起身找金豆。

她在湖邊試駕小艇，這次，駛出頗遠，向他招手。

張言有一刻衝動：向她求婚，留下，成為小鎮一分子，每早散步吃鬆餅喝咖啡做運動，他三十歲，略有積蓄，再做下去，即將四十，很快五十，屆時社會逼他退休，即係一生，做也一世，不做也一世。

他打一個冷顫。

豆子駛近，「來，我們去鎮上購物。」

當然先吃早餐，然後，在肉食店買了一大箱凍肉，以及其他食品飲料，拉着張言手，一起坐艇到湖中心。

咦，一排三間艇屋，白天看去，幾乎一樣，哪間屬於老伯？

忽然聽見汪汪犬吠，是了，有芝麻那間。

豆子跳上甲板，把小艇用繩縛牢，搬上貨物，一邊揚聲。

老伯又不在家。

一對年輕男女迎出，「老伯到溫埠辦事。」

散仙也有公事，可見紅塵事多。

「大家都是老伯朋友，請問你們來自何處？」

豆子介紹自己。

她找到一隻大桶：注滿水，放入藥梘粉，「芝麻，來洗澡。」

芝麻不願，搖頭晃腦，似說：「我天天游泳洗乾淨。」

被三個人按到桶裏，無奈只得從命。

「洗藥水除卻蝨子，免煩惱。」

三人努力搓洗。

芝麻洗完吃肉骨。

芝麻此時已對豆子服貼。

張言邀請：「兩位一起吃午飯如何。」

「我們耽會游泳過去。」

豆子說：「我請客呢。」

年輕男女說：「那不客氣了。」

他倆游泳，豆子與張言在艇上。

上岸，他們也不更衣，反正濕衣服一下子曬乾。

張言訝異，原來做人可以如此瀟灑，如他那般拘謹簡直庸人自擾。

他們四人足足吃下三隻意大利薄餅。

年輕男子道謝，原來他們是溫埠的美術學生，前來度假，聽說老伯的船屋歡迎人客，便來借宿，他倆十八歲已經離家，靠半工讀交學費，又有政府津貼，戀愛中年輕人，什麼都美好。

張言說：「越來越發覺洋人是另外一種人。」

「他們豁達。」

「我陪你打聽那個老伯來龍去脈。」

豆子阻止，「太不禮貌。」

當日下午，張言收到電話，他家裏有事。

「我得回程。」

「多謝你來看我。」

張言惆悵，「豆子，我是俗人，家人希望我回去陪家父做一個小手術。」

「啊這是大事。」

「我有空再來。」

豆子輕吻他手背。

好同事好朋友，卻不是時候。

豆子送他到飛機場。

張言不捨得，四方臉大個子忽然鼻子通紅。

豆子大力摑打他背脊，打得他咳嗽。

飛機場一個陌生男子看在眼內，「離別，真討厭。」

豆子不想搭腔。

「你現在是自由身了？」

哪有這麼容易。

這幾天吃得比較多，長了些肉，比較紮實，不比前些日子，風吹便倒模樣。

櫃枱員說：「金小姐，你住滿一月，又帶來人客，敝店給你打九折。」

「那多好。」

「金小姐，到小鎮可有任務。」

有，傷逝。

她穿上救生衣，駕艇歸還衣物。

她想念芝麻。

這次，牠在甲板看到金豆，興奮躍下水游近歡迎。

豆子忍不住問：「你亦掛念我？」

上甲板看到門上貼字條：「請勿過份給芝麻餵食，他已十一歲，過胖。」

什麼，芝麻也是老伯？

豆子捧住芝麻人頭，心疼地查看牠毛色，可不是，腮鬚斑白，青春不再。

她喃喃自語：「這種年紀，吃死算了。」

走進屋內，燒開水灼豬肉。

老伯仍不在屋內。

她為何聽到沉重呼吸聲。

一看，地上有空啤酒罐子。

她逐隻收拾。

然後，看到角落蜷縮一個人。

看樣子，是女體，豆子警惕，伸手推，不動，可不就是先前那情侶的一半，她的男伴呢。

「醒醒。」

一身酒氣，身上有嘔吐穢物，一陣臭味。

豆子沒想到會碰到比她更狼狽的人。

她把那金髮女拉起，靠牆上，「你的愛人呢。」

她努力睜開眼，見是金豆，忽然大哭，「他走了。」

豆子氣忿，「走便走，留不住，是他吃虧。」

心中也吃驚納罕，前幾天還如膠如漆，形影不離；今日已經分手。

「你，去淋浴。」

淋浴設備在甲板，她嗚咽着跌跌撞撞走到外邊，找到蓮蓬頭，坐在小櫈子上，脱掉髒衣洗澡。

金豆在一旁看着，洋女身段真是一流。

「還哭，哭什麼，哭就會好了不成。」

豬骨焓熟，芝麻極之高興，迎上。

「大家一起吃。」

一人一塊，灑些鹽，少女肚餓，身不由主，走近撿一大塊，咬將起來，吃相同芝麻差不多，若有人以為他特別高尚斯文，那是因為他還未遭劫難。

金豆取出麵包切開，塗上厚厚牛油，大廚有云：若要好味，添加牛油。

少女一邊吃一邊哭，吃得下不算太慘，吃飽，看世界又有一番面貌。

她泣不成聲，斷續哭訴：「我離開這木筏，無處可去……他與我爭吵，他顧前程，不要我，學校替他辦畫展，我被篩出……」

洗完澡，吃飽，她漸漸止哭。

失意人對失意人。

金豆忽然輕輕説：「你我同病相憐，我的伴侶也離我而去。」

「啊。」

「換上乾淨衣褲，把老伯屋子收拾好，一起説話。」

少女倒也知道慚愧，清潔屋子，用手洗淨地板，「把老伯船屋住髒不好意思。」

她嗒然坐着，如行屍走肉。

「你財政狀況如何？」

「銀行只剩兩百多元。」

「怎麼會如此艱窘。」

「因為男伴花我的入息毫不退讓。」

「他自己沒有收入？」

「他喜歡結伴喝酒。」

「這不是一個好男人。」

「豆子，你有一段日子沒出去交際了吧，市面上全是這類異性。」

「我的天。」

「他們不是壞人，只是遊手好閒，入不敷出。」

是的，最好有人出面，負責他們生活基本開銷，卻又不妨礙他們寶貴自由，一生如此，才叫美好生活。

她問豆子：「我該怎麼辦？」

「你不會愛聽。」

「請給我忠告。」

「回轉溫埠住所，繼續學業，晚上兼職，停止灌飲黃湯，決不可吃藥。」

「我欠租，欠學費，目前只能做餐館侍應。」

「咄，一個學生，未做過侍應，不算學生，時薪十五元，不算虧待你，將來出了頭，一幅作品數十萬元。」

少女不由得笑出聲，「你真樂觀。」

「欠人家錢，可以慢慢分期還，或暫時輟學，緩過氣來。」

少女看着她。

「不，我不會借給你，也不會向你借，狄更斯説的：Neither a lender nor a borrower be.」

「是，是。」

金豆低聲説：「是否有時覺得，實在活不下去了，而且，即便活着，也沒有太大意思，不如悄悄離去，再不必擔心生活費用，功課事業，可是如此？」

「你怎麼知道？」少女驚駭。

「我是過來人。」

「你痊癒沒有？」

「大概永遠不會。」

少女悲切，再度落淚，「那怎麼樣？」

金豆猙獰笑，「就這麼五癆七傷活着。」

「我還以為你在鼓勵我！」

「我的確有勸你自力更生。」

「我連車資也無。」

「你沒有親人？」

「祖母去世之後，我——」

一聽到這句話，金豆怔住，她也不過是有一個愛她的祖母，她躲到一角，用電話聯絡老人家，阿二接聽，「是你豆子，幾時回家。」

「祖母好嗎。」

「問你夠不夠零用。」

「我過得去。」

「你願隨時聯絡就好。」

「明白。」決定每日問候。

手心都是冷汗，沒有祖母支持，還不是與金髮女一樣處境。

豆子用橡皮艇載她上岸，到公路車站，替她墊車資買單程票。

公路車未到，她又往小店買幾份三文治及礦泉水，放入她的背包。

兩人坐石階等車。

「如何報答你？」

金豆老氣橫秋，「好好做人，有緣再見。」

少女握緊金豆雙手。

這時，發生一單奇怪的事，一隊華裔旅客路過，沒聲價稱讚風光幽美，五元試喝四杯葡萄酒是種享受……他們目光落在坐街上兩個年輕女子身上。

噫，破帽、爛衫衣不稱身，坐路邊，不就是乞丐嗎，可憐，有一個還是黃女，不禁動了惻隱之心，掏出零錢，放她倆身邊。

金豆與金髮女面面相覷。

整隊人經過，她倆數數零錢，足足三十餘元，豆子說：「你收起來吧。」感慨萬千。

看到沒有，只行差踏錯一步半步，就淪為乞丐，以後，真的戰戰兢兢，步步為營，祖母一走，這是她榜樣。

豆子送少女上車。

兩人真是萍水相逢。

公路車開走，太陽落山，豆子打一個哆嗦，旅遊季節，快要過去了吧。

回到旅舍，看到園工正在種花，他見金豆在旁觀看，這樣說：「要看鬱金香的話，此刻必須下種，還得鋪鐵絲網防松鼠偷吃球莖」。

她問詳細情況，員工一一告知。

豆子到鎮上買了球莖、肥料、泥土、工具，以及長方形木箱，載到木筏。

她打算贈老伯一百棵鬱金香。

揮着汗，忽然看到小藍花也來了，提着兩條大鮭魚。

她見到豆子嘻嘻笑，「留下吃鮭魚湯吧？」

「芝麻呢，芝麻在何處。」

「芝麻生病，厭食、怠倦，老伯帶她到溫埠看獸醫。」

豆子嗒然，牠年事已高。

「我幫你。」

「不，我得親力親為。」

如此傻氣，連小藍花都笑。

「快開學了吧，聽說今年起中學畢業試只需考英語及數學兩科。」

「講是這樣講，但他們從不會讓學生輕易過關，譬如說，大學照例只收九科平均分九十三分學生。」

「你打算升學嗎?」

「恐怕不行了,家裏需要人手幫忙,我家五兄弟姐妹,我老二,大姐已經嫁到城裏。」

「考慮貸款?」

「大姐説那筆款項廿年還不清。」

看,不是天堂。

才種了五十棵,豆子已經腰痠背痛,直不起身子,她譏笑自己百無一用。

「豆子,你可是大學生?」

「我讀物理早已畢業。」

「多麼深奧。」

「其實並不,世上一切,都可用物理原理解釋,上天入地,無非是物質。」

這時她倆聽到噗通一聲,噫,有人落水。

小藍花嚷:「唷,老伯在屋裏,我倆講的話,都被他聽見。」

豆子連忙奔到木筏邊緣，只見一個人，半潛半泳，已經遠去，真如傳說中浪裏白條一般，只不過他肌膚曬成深棕。

豆子頓足，失諸交臂。

「他一定是去看芝麻。」

「我倆做些吃的等他們回來。」

「好好好。」

累到傍晚，天日漸短，小藍花說：「豆子，快回旅舍。」

吃過虧學乖，「明白。」

旅舍有兩個職員在門外等她。

何事？

經理出來，「金小姐，有兩組華裔旅行團被隔兩條街的棕熊旅舍搶去，他們懂得在華文報上刊登廣告！」

啊，有這種事。

「金小姐，請你幫我們寫中文橫額，掛在門口，又在碼頭、旗上寫歡迎駕臨湖畔旅館。」

「我見鎮上有中華料理店，他們掌櫃一定諳中文。」

「我們不和。」不好意思。

「噫，不是說種族和諧嗎，送些禮過去，無論人家說什麼，笑嘻，華人叫和氣生財。」

他們訕訕。

金豆說：「華人喜歡紅色。」

「是，是。」

拿起最粗箱頭筆，豆子寫下：「好吃好住，賓至如歸，請到湖畔旅館」，又寫：「歡迎歡迎，湖畔旅館服務最佳」，字體稚拙。

經理說：「我立刻派人到鎮上打印，刻膠板上掛起。」

拉起紅布，果然不同凡響。

金豆興致到，又在旗上寫「勇」及「勝」兩字，有伙計大笑，「我手臂紋身也有這兩個字」，一看，果然是。

「金小姐，免閣下三天租金。」

豆子忍不住笑出聲，呵，賣字為生。

這才記起腰瘦背疼，躺床上作不得聲。

她與祖母通話，聽見老人咳嗽，教訓阿二：「你管啥一門，川貝燉梨也不懂。」

「天天上午吃，下午吃白木耳燉冰糖。」

「我就回來。」

阿二挺諷刺：「不要哄我們才好。」

說也奇怪，金豆似招財貓，紅色橫額一出，立刻即有旅行團報到。

金豆往木筏看芝麻回來沒有。

牠不在甲板，豆子輕輕推門進去。

只見閣樓有一人一狗躺着。

芝麻聞到氣息，抬頭。

那人蒙頭好睡，動也不動。

豆子伸手招狗，示意牠到甲板。

她擁抱芝麻，狗嗚嗚響，她查視牠眼白，仍然發藍，證明身體不適，瘦了點，更顯老，豆子取出壺裏一早準備的營養粉加肉汁，芝麻一聞便喜歡，喝光光，伏在金豆懷裏。

豆子坐在甲板陪牠。

啊芝麻，你住在船屋上，見多識廣，一定邂逅不少人吧，在一隻狗的生命中，你最珍惜的是何事何物，聽説你們吃飽後沒有什麼念頭，啊不對，還有繁殖，但總覺得你們還有其他，否則，短短相聚，為何不捨得你。

老伯醒轉，豆子聽見他漱口。

再等一會，也許他要更衣。

芝麻起身，吹一下。

一個高大英軒年輕人赤身走出，看到豆子，怔住，連忙又躲入屋內，「哪一位？」

「我叫豆子，來探芝麻，以為你是老伯，打擾。」

他又拉開門，露出面孔，「不客氣，彼此都是老伯之友，請稍等一下，我添件衣服。」

一早已看到他六塊腹肌，是泳手好身段，想到田赫豆子黯然，因知道不可能忘卻，只得垂頭接受。

她同芝麻說：「後日再來探你。」

剛想離開，年輕人推門出來，他已穿上汗衫，手裏還拿着兩杯咖啡。

其中一杯，奉給豆子，她一看，不由得笑出聲，原來他用奶油塑成三隻小狗頭，耳朵眼睛齊備，隨着咖啡蕩漾，奶油狗郁動，可愛得不得了。

「別客氣，當自己家一樣，請坐。」

「你是哪一位。」

「我是雅谷，在附近酒莊照應蘇維儂葡萄，你是遊客吧，旅遊季節快將結束，你會回到原處生活，希望船屋會給你留下印象。」

咦，這雅谷健談。

「啊，那是一定的事。」

「看得出你是華裔，華女比日女與韓女開朗，不過，你看上去有點憂鬱呢。」

豆子摸摸自己面孔。

「越來越多女生讀理科，可找得工作？」他顯然聽到方才對白好奇。

「真艱難，」豆子忽然得到申訴機會，「同學回到學校再讀教育系，希望教書。」

「我本是農科，更加不易找工作。」

「你總算學以致用呀。」

「藍領在社會——」

「那是偏見，你不必理會，今日，只有住塔裏的人才如此荒謬。」

語氣是那麼勇敢，叫雅谷感動。

他看過一些報告，說不多久之前，華裔女性被家長關家裏，不可離開，待出嫁時，才由轎子抬出到夫家，可能一生雙腳不曾沾到街道上泥土，不料大約三代之後，進化得活潑果斷，真是奇蹟。

豆子終於好奇問：「老伯為什麼住船屋。」

「因為他妻子在一場火災中喪生，他不願再住在陸地。」

豆子摀住嘴，她真後悔問出口。

這是他人隱私，她不應查究。

「別擔心，他平時還是相當開朗振作，今日，因為芝麻健康問題，才叫他皺眉。」

「芝麻如何？」

「醫生説牠器官自然衰竭，讓牠頤養天年，吃好一點，多陪牠，我就是擔任這個任務。」

「老伯今日會回來？」

「不知道，他在溫市證券行工作，每週去三次。」

金豆再也沒想到逍遙的老伯會是股票經紀，又一次掩住嘴。

但這是真實世界，浪人也得吃飯，半仙也還有一半在塵世生活。

豆子忽然心境通明。

雅谷建議：「我們同芝麻逛葡萄園可好。」

「下次吧。」

「那是幾時？」

「這木筏看上去穩健，可是坐久有點暈浪。」

當然雅谷知道那不過是藉口。

「這樣吧，我替你把花栽完，再與芝麻出來找你。」

「多謝你的咖啡，可愛得不捨得喝。」

「沒有你可愛。」

豆子感動，他對她明顯有意，她不禁擁抱他一下。

坐下橡皮船，她駛回碼頭。

那天豆子穿一套深紫色唐裝衫褲，充滿異國風情，雅谷覺得她像東方之珠明信片上油畫蜑家舢舨妹妹。

不一會小藍花來收拾家居，見雅谷栽花，知道他邂逅豆子。

她老氣橫秋說：「很漂亮吧，可惜是另外一個世界的人。」

「才十三歲的你懂得什麼。」

「我懂得的才多呢，看你雙眼發光，分明對豆子已生愛念——」

雅谷把藍花擯起摔到湖裏，還聽見她哈哈笑。

他稍後向旅舍員工打聽豆子來龍去脈。

「非常親切、友善、有禮」，「靜悄悄如隱居」，「來的時候一大班親友，看樣子家境富裕」，「兩個多月了，時時坐碼頭獨自垂釣沉思」，「明顯有心事」……

與他所得到的印象一樣。

他與芝麻都好好淋浴，才上岸探訪女客。

豆子已換過一襲白裙在碼頭上曬太陽，一邊在網上找工作。

正如所有年輕人說：工作不好找，住所更難負擔。

想到老伯居然在金融界打筋斗，她不禁微笑：多麼極端，也許只有在錢眼打滾成功的人才有資格做業餘散仙。

金豆，你也得有工作才行，假期，也是時候告終了。她不想十年後仍做實驗室雜工。

打開電郵，才發覺張言博士天天給她通訊。

但是，她與他無話可說。

怎麼講呢，他不是可以訴心聲那種人。

與小藍花與雅谷可以閒談，但她不敢浪費博士的時光。

她覆他：「我很好，靜寂中頗有醒悟，明白到人生美中不足實屬平常事。」這樣說，也已經太過叫人傷感。

教授也有消息：「還不回轉！」照片中的他愁眉苦臉。

哪裏致於這樣？他們庇愛她。

田赫來過這世界走過一程，很快回去了，足跡漸漸消失。

將來她金豆一樣，她的思想，她的苦樂，她的肉身，將不存在……

她聽到芝麻汪汪，聲音較弱，仍然高興。

雅谷帶牠探訪。

這時才發覺長髮垂肩的雅谷是多麼高大漂亮，破褲舊鞋已經夠好看。

他們去釣魚。

豆子吩咐服務員做三份晚餐，送到碼頭。

雅谷帶着一部小小收音機，轉到「老但是好」電台，聽跳舞音樂。

豆子看着他微笑，「可曾有星探接洽。」
「我是某百貨公司的襯衫模特兒，收入幫補學費。」
「一定是份有趣工作。」
「所有收取酬勞工作，都不再有趣。」
「也別太抱怨了。」
「明白。」
他們把漁竿晾在碼頭。
雅谷邀她跳舞。
兩人在甲板上緩緩起舞，非常暢快，噫，年輕之際，曾經有過如此溫柔一刻，將來老去，日子灰沉，這回憶也必定會閃亮照明。
她輕輕說：「雅谷，謝謝你。」
他回答：「不客氣，此刻我比你更開心。」
但，豆子心裏想，這只是眼前三兩天的事，夏日偶遇，霎時過去。

不過，也享受了再說，不顧一切，抓緊時機。

再抬頭，發覺多了一對情侶，借他們的音樂，起勁舞動，跳得更加出色，男方拎起女伴手，輕輕轉圈，噫，他們是一對老人，兩頭白髮，恐怕已六七十歲。

侍應取出預訂晚餐，豆子吩咐再添一些熱狗與飲料。

一看，又有一對男女走近，笑着起舞。

雅谷說：「看樣子我們有舞會了。」

侍應生笑，「我去做熱狗，順便帶燈籠來。」

他捧着一大盤食物出來，各人歡呼，侍應還帶着一面牌子：「每位十五元。」

豆子連忙說：「我請客。」

雅谷訝異，「你變慷慨。」

「這麼多人陪我們高興，應該的。」

不消片刻，甲板擠滿人，熱鬧如慶祝什麼大事——是慶幸美好生命。

甲板會受不了重量塌下去否，修理也包在金豆身上。

漸漸連芝麻蹲下地方都沒有了。

雅谷拖着豆子與狗，走到附近草地。

「真想不到。」

是的許多事，想都想不到，編都編不出。

雅谷摸出一隻口琴，試吹。

豆子說：「我也學過。」

「洗耳恭聽。」

豆子吹一首「春天的花」。

「調子明快，說些什麼？」

「是首兒歌：『春天的花，是多麼的香，秋天的月，是多麼的亮，少年的我，是多麼的快樂，美麗的她，不知怎麼樣』。」

不料雅谷吸一口氣，「天，從未聽過有更淒涼的歌詞！」

「是的，真的很慘。」

「你是想起我倆即將分離是吧。」

「不，不是你。」

「誰。」他不服氣。

「我已辭世的男伴。」

「啊，豆子。」他張大嘴，責怪自己魯莽。

這時芝麻伏到她膝上。

「我能代替嗎。」他嚅嚅問。

豆子答：「我想不。」

她輕吻雅谷臉頰。

「夜啦，回去吧。」

雅谷看向船屋，「噫，老伯回來了。」

一看，船屋燈火通明，有人打強光訊號，雅谷讀閱：「把狗送回。」
「哈，我真得回去了。」
「把橡皮艇借你。」
「你不一起見見老伯？」
金豆搖頭，「下次吧。」夜深，不了。
「真是奇怪的女孩子。」
可不是，她與芝麻依依道別。
沐浴休息，已是淩晨，看情形她也可做浪人，她也懂得生活。
旅館經理有頓悟，「我們也可以舉行日夜舞會，不供酒，慢音樂……」
第二早，橡皮艇已經歸還。
老伯來過嗎。
豆子告訴家中祖母，「我已在收拾行李。」
祖母答：「哈里路耶。」

老人如此詼諧是好事。

她與旅館經理談後事。

「橡皮艇贈小藍花，其餘各種像自行車泳衣等，你們如不嫌棄分了吧。」

「不，金小姐，我們會放儲物櫃等你回來用，太捨不得你。」

最想念會是芝麻。

她會再回來嗎，許多事，好過一次應該心足，否則徒然落得人面桃花。

她知足，不多貪。

起程那日小藍花與雅谷送行。

兩人鼻子紅紅，不多說話。

說不定有一天，雅谷會想起：當年的她不知怎麼樣……

被想念總是好的。

雅谷低聲說：「希望你傷口早日癒合。」

豆子點點頭。

旅館店員叮囑：「金小姐，明年再來。」

她上飛機前看到第一片金紅落葉自樹枝飄下，她連忙接住留為記念。

回到溫埠，她幫祖母採購冬季用泡泡衣及泡泡褲，市內人來人往，聽到不少普通話，豆子在店裏忽然被一群婦女圍住，「請問怎麼去列治文最新名牌貨倉？」她們拿着觀光地圖。

「嗄，喔。」豆子找來店長，問詳細了，轉告她們。

「小姐，幸虧有你。」

「怎麼說？」

「市內好像只有你一個人不染藍髮，也不穿露臍褲，叫我們放心。」

「快去快回。」

「謝謝你。」

可愛的她們拉隊出發往架空列車站。

豆子為祖母及阿二挑選最時髦最輕最軟防寒衣褲，然後，向她們報告航班編號與時間。

恍如隔世，市內馬路如戲院散場那麼擁擠。

她乘公路車往飛機場。

才抵離境大堂，已被一個人擋住，「豆子。」

她抬頭一看，啊，是某伯母的出色兒子某小生，一見面便表明對她有意思那個。

「豆子，你曬得像土著，真好看。」

豆子笑出聲，「怎麼勞駕你。」

「還有時間，我們喝杯咖啡，是你祖母知會我來送你。」

「你可沒再來看我。」

「唉，家母身子不舒服，大家需輪流照顧。」

「好些沒有。」

「血壓太高，實在不能再貪口福。」

「是的，我家也有老祖母。」

「我買了一些報紙週刊，讓你在飛機上看。」

「謝謝，你都想到了。」

「還有一盒點心，讓服務員用微波爐熱了當午餐。」

豆子點頭。

「這是我通訊號碼，回去之後，記得我。」

「我都記下。」

「時間到了，順風。」

這還是個大男孩，他們都是大孩子，與這票人在一起，不但要照應他們生活，還有脆弱的心靈。

她坐在年輕母親與三歲小孩旁，這是經濟艙最吃苦的位子。

果然，那孩子哭個不停，一邊用腳踢前座，服務員已來探視過，那母親一臉倦容道歉。

金豆盡力幫忙，把手袋裏雜物取出讓他玩，其中一枚匙扣，掛着力高星球大戰人物，吸引他注意，他高興起來。

年輕母親昏昏入睡。

豆子也閉目養神。

那幼兒抱住母親也睡着，胖小腿壓得豆子雙膝發麻。

半場過去，服務員看不過眼，走近說：「金小姐，我替你換個位子。」

豆子抬頭，服務員吃驚，原來頑童用口紅抹了豆子一臉。

服務員低頭，「對不起對不起。」

豆子「噓」一聲，表示不關她事。

跑到洗手間把臉擦乾淨。

服務員已替她準備好後座空位，豆子鬆口氣。

稍後領班送她一瓶香水，「多謝體諒。」

金豆點點頭閉目養神。

不一會，發覺有人摸她大腿，豈有此理！這班飛機恁地多事。

一睜眼，發覺是剛才那個小兒，在龐大飛機艙內，他居然找到她，後邊跟着他可憐母親嚅嚅地說：「他一定要找你。」

金豆只得安慰，「帶這個相當有性格的小孩不容易吧。」

那母親眼睛都紅了。

稍後說：「我替你把雜物收拾好了，你點一點。」

金豆頷首。

「看到這種情形，你不敢生孩子了吧。」

豆子笑，「不會，你放心。」

那男孩卜卜聲吻母親。

看，也有好時光。

豆子帶上飛機的點心裏有一隻豆沙包子，她讓給男孩吃，又找到一本報紙附送的兒童刊物，一併贈送。母子歡天喜地。

豆子一眼看到娛刊頭條：「女星心臟病發香消玉殞，終年廿七歲。」

她沉默，這年歲的心臟應強壯有力，恐怕別有原因吧。

飛機抵埗，她接到電話，阿二聲音：「歡迎回家！我在出口。」

真不好意思，豆子連忙張望，看到熟悉面孔，咦，是張言。

他怎麼也來了。

可是迎上的卻是抱着頑童的年輕母親，他揮手，「姐，這邊，明明，你可有吵鬧？」

他們是姐弟！

豆子笑出聲。

這時張言也看到了她，「豆子，你同一班飛機？」異常驚喜。

他姐姐一手拉住豆子，「阿言，你認識這位小姐？你不可放過如此漂亮又有涵養的女子，你要拼老命追求！」

豆子聽到如此超級褒獎，臉耳通紅。

阿二也聽到，呵呵地笑。

走到外邊，張言把七座位車駛近，張姐一定要送豆子。

豆子知道她已回到紅塵，並不推辭。

到家了。

她握住阿二的手不放。

先送母子回家休息，才送豆子。

張言解釋，「姐的公婆住溫哥華，非得每年見孫子不可。」

回到紅塵了。

「豆子，羨慕你呵，度假兩個多月。」

亞熱帶都會空氣膩嗒嗒，四季潮熱，豆子一額汗。

「有點樂不思蜀吧。」

一直到家，豆子都沒出聲。

都不再記得田赫這個人。

還何必把自身看得太過重要。

她回到家門，立刻堆一臉笑容，大聲叫：「祖母，祖母。」

再也撐不住，累得倒下。

張言好像是吃了點心才走的。

祖母對他好感，他品格端莊，有正當學歷工作，養得起家，而且，對豆子有耐心。

一個女子年輕亮麗光潔之際，總還有機會碰到這樣標準男生。

因不想躭家中，豆子回實驗室搜集資料。

教授給她最熱烈歡迎，辦事處多了資金添多一名接待員及若干儀器。

不知恁地，都知道她回來了，不止親友，甚至有報章雜誌要求訪問，沒想到一塊橡皮如此轟動，此刻，它已被巧妙鑲到棉花棒上，做成手指套那樣運用，當然，還有薄如紙巾，用來抹除粉底……豆子看到樣版，都覺有趣。

金豆拒絕一切訪問，推舉教授代言。

張言暗暗佩服，城內有幾個人會拒絕照片放到雜誌報刊上，教授就十分樂意，他去理髮剃鬍，換上新衣，與愛克斯公共關係組一起出席訪問。

張言看到豆子全神讀閱資料，好奇走近，「咦，船屋，你有興趣？」

「很有趣，湖面平靜，人們研發船屋，西雅圖同盟湖將之發揚光大，已演變為湖上豪宅，失去原本瀟灑本意，可惜。」

「這彷彿是土木與機械工程的功課。」

「現在因設計豪華需牽涉建築師。」

金豆出示圖樣。

張言想起，「你留戀奧市那些湖中小船屋吧。」

豆子憑記憶把它畫出，不忘甲板上躺着的芝麻。

「你沒有拍照？」

「照片用機械記錄，我用記憶。」

「豆子，有時你像一個詩人。」

「船屋原理與船身一樣，先計算一座浮床尺寸，建築物載重量，然後在碼頭固定，奧市小船屋，用鐵錨即可。」

差些遇溺那夜，無意摸索到救命的繩索，便是錨繩。

「你在奧市那麼久，可有下雨？」

豆子不出聲。

「雨景也一定很美吧。」

豆子記得下雨閃電，遊客躲在大樹下避雨，導遊警告：「回旅館避雷」，「雨會停」，「這雨一下就整日整夜，閃電危險，明日再來」，「明天我們要走了」，決不放棄，豆子看着好笑，這叫戀戀紅塵。

「終於，你還是回來了。」

「是呀，像把蛤蠣自蚌殼剝離，說不出痛苦。」

「精神彷彿愉快了。」

那只不過是豆子掩飾得好。

「我姐約你吃飯酬謝。」

「舉手之勞耳，何足掛齒，你我是同事，未到見家長階段。」

「拒人千里，不是怕了那孩子吧，學前班同學見了他都避遠遠。」

豆子不由得笑。

「出來逛逛，見見人，接地氣。」

豆子笑而不答。

稍後她收到一通電郵，「愛克斯公司推廣發展部主管史密士希望與金豆女士見面。」

豆子問：「何事。」

「明人跟前不打暗語，我們希望金豆女士到愛克斯服務。」

「……」

「條件如下——」列出簡單合約。

最主要是薪優，以及單獨領導一間小型實驗室。

金豆回答：「我的『發明』純屬偶然。」

「盤尼西林也是偶然發現。」

「可能接着十年也沒有新發現。」

「我方願意靜候三年，小組共三名研究員，詳細合約隨即傳上。」

金豆回答：「本人胸無大志。」

她嘆口氣。

教授剛好親自斟咖啡給她，「你的明媚笑臉，叫辦公室蓬蓽生輝。」

豆子愧不能言。

她終於備下水果糕點到張家拜訪。

那頑童咚咚跑近，他還記得她：「姐……」

張姐更正：「這是舅媽。」

豆子嚇一大跳，「叫姐姐就好。」

張姐在家，略為裝扮，去了疲態，露出秀美原形。

他們帶小兒看動畫電影，讓張姐休息一會。

豆子在戲院笑得打跌，沒想到今日卡通電影惹趣生動到這種地步，叫她嘆服。

本來她最不喜戲院：黑墨墨、空氣渾濁、不見天日，那麼多寂寞陌生人緊坐一起一段長時間，何等尷尬危險，可免則免。

是次例外。

散場後豆子反而有點落寞，用手背擋陽光。

他們一同吃冰淇淋。

過馬路時張言把幼兒抱手上，有這樣的舅舅也真是福氣。

他先把豆子送回家，孩子揮揮手，「再見舅媽。」

阿二開門笑歪嘴，「寶寶，誰是你舅媽？」送他一大把果子。

豆子覺得自己不知從何時開始，成了負累，連阿二也要攆她出門。

祖母晚間仍然咳嗽，金豆半夜起床沖蜜糖水。

祖母想説話：「豆子——」

豆子按住她，「明早才説。」

「——我承認當年對你存疑，是我不該，小孩子，花點耐心，不良習慣都可矯正——」

豆子答：「祖母，累了要休息。」

祖母太內疚，存疑是對的，金豆咬拇指習慣至今未改。

「豆子，你不要怪我。」

豆子低聲説：「我不知祖母講些什麼。」

祖母嘆氣，不再多言。

曾經一度，祖母把所有可以鎖起的抽屜與櫥門，都緊緊上鎖，物極必反，金豆至今，什麼都不鎖，她身無長物。

一次，祖母不見一小盒金飾，遍尋不獲，只是納悶，也不作聲，阿二悄悄説：「不如問豆子」，祖母不肯。豆子約莫知道是失了什麼，問心無愧，照常生活，終於一日，在樟木箱底發現她自己忘記的完整盒子，一件不缺，祖母才放下心，從此之後，不再懷疑任何人。

金豆自此更小心翼翼。

領取愛克斯的紅利後，她打算搬出住。

阿二聞悉，不以為然。

祖母微笑揚手，「讓她去。」

「在外吃什麼。」

「一定吃得飽，我早已知道你我責任已經完畢，豆子健康、獨立、明理，是件好事。」

「唉，孩子們遲早叫我們傷心。」

「豆子不會。」

老年人積聚多種生活經驗，漸漸變得料事如神，宛如半仙，太陽底下無新事，但凡這樣開頭，一定有如此結局，脫不掉框框。

「豆子與張先生會有發展嗎。」

祖母答：「我想不，豆子追求一點浪漫。」

「倒也是，張先生一是一，二是二，唉，豆子喜歡眼睛會笑的男朋友。」

「說也縹緲，試問雙眼如何能笑。」

「見到了自然知道。」

豆子聽到，心中好笑，兩位七十歲女眷，居然還在談論男性，也幸虧如此。

消息傳得快，很快教授知道有人挖角，他搓揉雙手，「唉，留不住你啊金豆子。」

豆子全神貫注做船屋模型，聞言不語。

博士代答：「她人還在這裏。」

教授悻悻：「可是心不在。」

豆子忽然做了一個奇怪動作，她拉開外衣，露出裏邊布衫中央印着一顆釘珠片閃閃生光紅心。

教授一看，拍手大笑。

張言也高興，實驗室又恢復熱鬧。

博士搭訕問：「這些小木屋是怎麼一回事。」

豆子回答：「地上人口擠迫，若能往水上發展，或可解決貴地價問題。」

教授坐下細想，「嗯，但華裔講究腳踏實地。」

張言笑，「別忘記水上人家。」

豆子說：「敝實驗室提供概念給愛克斯公司，雙方為合夥人。」

張言回答：「對方財宏勢偉，研發工作方便——」

教授大怒，「張言你這叛徒，你最想也跟着一起過檔。」

這時門口出現一個時髦年輕女子，輕聲有禮問：「請問這裏有位金豆小姐否？」

金豆站立，「哪一位。」

女郎上下打量穿白襯衫卡其褲不施脂粉的金豆，不禁深深吸一口氣，就是她？！

豆子也看着她精妝的臉，粉實在搽得太白，這是東洋婦女妝粉——慢着，豆子忽然記起這張面孔，她在田赫傳來錄影中見過她，這女子是田赫家長代他選擇的對象。

豆子不出聲。

她來幹什麼。

「金小姐，我有話說。」

豆子實在不知還能說什麼，豆子很客氣，「你要說的是私事吧，這裏是辦公室，不方便，我們另外找個地方。」

「那麼，到韓國會所，那裏靜。」

豆子同張言說一聲，與女郎結伴而去。

在清靜角落坐下，她自我介紹：「我叫娜拉，是田赫生前朋友。」

還好，她沒有自稱未婚妻。

「金小姐你是田赫的好同學吧。」

豆子不語，知道自己已露出哀傷神情。

她叫一客冰淇淋，輕輕說下去：「娜拉，其實是日本古都奈良，相信你也聽過。」忽然，說些不相干之事，想必亦因悲愴。

「田赫辭世之後，他父母悲慟不已，想多知道有關他生前之事，故此，命我前來打聽。但前些日子，你外遊不在家。」

豆子點頭。

「遺物中，找到若干零碎物件，有些與金小姐有關，包括金小姐十三歲親手繪畫的生日賀卡以及照片，真像看着金小姐長大。」

金豆臉色漸變蒼白。

「他父母認為金小姐一定是他好友，想來打探，赫在世最後日子，是否快樂。」

豆子想一想，肯定點頭。

娜拉吁出一口氣，「雙方父母撮合我倆，可惜我們沒有緣分。」

可是，她還是擔起這份苦差，前來擔任探子。

「你倆——可談到婚事？」

豆子一時不知怎樣回答。

「對不起，太冒失了。」

「我倆並無經濟能力，那應是很遙遠的事。」

「他父母想知道，田赫有什麼未完心願。」

豆子想一想，「快樂康莊的他，一直想辦社區兒童游泳比賽，因為經費原故——」

「明白，他長期留本市讀書，是想學好中文。」

「他成績很好，能用中文發表世界政見。」

「你倆多數談什麼？」

豆子低頭，「像所有年輕人一樣，希望脫離約束、自由自在生活，到大堡礁潛水，或是與海豚共泳。」

「他愛你嗎？」

「年輕人的愛，作不得準，也許三兩年後分開，轉瞬即忘，但是現在，你我都很難丟下田赫影象，他會在記憶中永遠年輕閃亮。」

「金小姐你說得真好。」

「你誇獎了。」

「請問你見他之際，也不刻意裝扮？」

「我是物理科學生，出入實驗室，化妝品或會導致污染。」

「金小姐你的確真純，對我無禮問題均不迴避。」

「不妨。」

「難以想像金小姐如何克服如此悲傷。」

豆子垂頭。

「田家父母說，田赫生前對你的諾言，他們願意幫忙實踐。」

「沒有，當時彼此都很快樂，年輕人不過是走一步看一步。」

「你願意見一見他父母嗎。」

「我想不必，為着家人，為着自身，我都想從頭開始。」

娜拉點頭，「我想我也該向你學習。」

「你對赫的印象極佳吧。」

「我傾慕於他。」

「他很幸福。」

「意外發生之際，你可在他身邊。」

「我在門外，那時，警車與救護人員已經趕至。」

「可有見到他最後一面。」

「沒有，田氏夫婦也已到現場，我不是親屬，未能跟車。」

娜拉吁出一口氣。

豆子忽然想起，「我亦有一事請求。」

「請講不妨。」

豆子自背囊內取出一隻信封，把裏頭斷成兩截的玉簪取出放桌上。

娜拉一看，咦，是熟悉的韓國式樣。

「可否勞駕你帶回韓國替我找人接駁。」

娜拉輕聲說：「但這並不是珍貴之物，在旅遊區小店賣給遊客——」忽然住口，她明白了。

「我一定幫你帶回修補，請問你喜歡何式樣。」

「接在一起便可，駁口簡單一些。」

「知道。」

「你的任務順利完成了吧。」

「赫可有什麼留在你處，衣物、文具……」

「沒有，我們其實並非天天見面，自十三歲至十四歲一年，每週六跟他習泳，之後，到十七歲左右才約會他，也不過每週一次，彼此功課甚忙，我倆並不癡纏。」

娜拉說：「我想我可以交差了。」

「難為你。」

「我從未試過與任何一個朋友如此開心見誠相談，這次會面不吃力。」

「娜拉，再見。」

兩個年輕女子握手話別。

娜拉窈窕踏着九公分高跟鞋離去，金豆心想，她永遠不會練成該類神功。

她孑孓回辦事處，一進去，跌到谷底情緒又告提升，也看到張言頑皮外甥小兒一臉委屈站着聽教訓，她做的船屋模型拆散一地。

一見豆子，頑童撲上，「舅媽」，豆大淚珠滴下。

「怎麼了，怎麼了，下班啦，還不回家？」

張言博士惱怒，「他拆爛你的模型。」

「不妨，不妨，我早已三D打印存底，孩子喜歡就帶回家重拼當積木玩。」

這下子連張言都佩服豆子寬宏大量。

豆子問：「張姐呢。」

「她在鄰街燙頭髮，把孩子暫寄我處。」

「啊，做媽媽真可憐，做個髮型也騰不出時間。」都看在眼內，非常同情。

豆子帶小外甥到員工茶室，打開冰箱，讓他挑零食。

零食儲藏最多的是教授。

「教授與愛克斯開會去了。」

孩子挑了一筒冰淇淋。

這時，張姐忽忽趕到賠笑道謝，「唉，傭人有要緊事出去——」

豆子連忙稱讚：「可是剪短頭髮，漂亮極了。」

「不知何時才可留長髮。」

這時孩子仆一聲跌倒，冰淇淋糊一地，他痛哭。

豆子連忙再取一個給他。

姐夫剛下班來接，張姐終於把孩子抱走。

張言與豆子鬆口氣坐下，「永無寧日。」

「還要捱多久？」

「上學會好些吧。」

「不，我見過一些家長陪做功課，動輒三五小時，什麼做細菌模型一具，列明體內各種功能……」

「這倒也算了，可是，他們長大後，又很少懂得孝敬父母。」

「你夫子自道吧。」

張言低頭，「我把地板擦一擦。」

關燈離開辦公室時，張言忽然說：「父母老催我成家。」

豆子搖頭，「我想扁了也不明白這長輩催婚的道理，婚姻有妥有不妥，並非生活靈丹。」

這時，走廊燈忽然暗了一下，就在這時，豆子聽見張博士輕聲說：「我總會等你。」

聲音非常低，但豆子聽得一清二楚，她有點難過，愛人容易，拒人難。

「我——」

燈又亮了，隔壁公司幾個女職員吱吱喳喳走近，他倆只得裝作什麼都沒有發生過，走出辦公室大廈。

接着數天，豆子四出找小公寓搬遷。

太小、太雜、太亂，戶數太多，樓下竟然是超市……她自問要求不高，可是走得腿痠，也找不到落腳處。

中介說：「金小姐，有一處你或會喜歡。」

她帶豆子到島的另一邊，整齊上世紀五十年代三層小洋房，頂層，無升降機，開門進去，十分寬敞。

中介說出租金數目，不便宜，尚可負擔。

豆子輕輕問：「這屋裏發生過什麼事。」

「金小姐明敏，你若不問，我也得說明，這屋空置十年，業主不願放售，十年前，有一個年輕女子，在此間自殺身亡。」

啊，這樣。

中介推開窗戶，「你看，林蔭處處，遙望大學，每日可聽見小鳥群上下班嗚叫。」

「屋主是女子什麼人。」

「母親。」

金豆說：「我願意租住。」

「我與房東講一講，也許還可減10%。」

豆子點頭，就如此敲定。

中介替豆子拍一張照，想是要交給業主看。

豆子接阿二參觀公寓，阿二意外說：「噫，這種老房子居然倖存。」

「你可聞到梔子香?」

「不,隔壁種的是桂花,都秋季了,何來梔子。」

「我父母可有現身。」

「他倆無寶不落,不為錢,那是不會現形。」

「上次給的還未用完。」

阿二倚老賣老,「倒是你,努力自立,叫祖母欣慰,看來,她若有產業,也會留給你。」

「還有老長一段路,她自己也要用,老年過得舒服很重要。」

「豆子,你懂事,祖母說:你若不高興,立即搬回住。」

「明白,我會每週回去看祖母。」

阿二也拍了幾張照。

豆子到家具店買一張床墊,連床架也不要,然後,挑張舊木重塑大書桌,與一張椅子,店員笑,「小姐,兩張吧,否則,男朋友坐哪裏。」

此外，就是一隻微波爐兩隻杯子，算是給張言十足面子。

抱着大量食物與雜物來回梯間，當作運動。

中介說：「金小姐，如你願意簽兩年租約，可減15%。」

看樣子業主想留住她。

她邀請辦事處同事到家喝咖啡。

教授送一具小小洗衣機，張博士送冰箱。

接待員十分羨慕，「我也希望搬出住，那樣，回到家不必堆笑問好。」

豆子只是微笑。

「而且，可以邀請朋友坐到天亮。」

不一會，有電話把她喚走。

教授亦藉故離去，給張言製造機會。

張言有點緊張，搭訕走近書桌，「噫，萬用大桌，我也得有一張，」看到新製船屋造型，「啊，你已作出若干更改，利用太陽能發電。」

「正是，後備發電箱，那樣，無後顧之憂，還有，衛生設備經過改良，設雨水儲蓄箱。」

「終有一日，你會再往船屋度假吧。」

「夠清靜。」

「你不怕。」

「我還怕什麼。」語調淒涼。

張言握住她的手。

豆子努力振作起來，「附近有間雲吞麵家，我們去嚐一嚐。」

「可要排隊。」

「不要輪候的不好吃。」

果然，門外大排長龍，多數外賣，他們一邊排隊，一邊聊天，張言說：

「在英國，外賣叫 Take away，在美國，叫 To go。」

有年輕人站在門外吃起麵來，雪雪聲，好不趣怪。

「趁年輕，開開心心做人，切莫辜負這些有限好日子。」

金豆抬頭，「說得對。」

「你雙眼彷彿還帶着奧湖星光，明年與你再去。」

「張言，你是詩人。」

「你最喜歡哪個詩人。」

後邊有人搭腔：「還用說，拜倫」，又有人說：「莎士比亞」，還有，「李白！」，嘩，這一區有文化。

輪到他們，兩碗熱麵已經奉上，「裏邊坐」。

他倆情願坐門外板櫈。

「剛才說到什麼人，蘇軾？」

「別忘記蘇軾是詞人：遙想公瑾當年，小喬初嫁了——」

張言看着她笑。

「什麼。」

「這些日子，可有人追求你。」

「你這算追求否。」

「當然計分。」

「家祖母喜歡你。」

「我確是正經人。」

「說來聽聽，什麼叫及格男子。」

「不討女子便宜、敬護女性，持之以恒。」

豆子微笑，她也敬重他。

「這麵，真的特別好吃。」

轉瞬間，已經賣光，輪候者徒呼嗬嗬。

他們在麵店外道別。

第二天，愛克斯員工到他們實驗室開會。

一直問，「可有新發明？」

豆子詼諧，「有種叫異性迷暈的口紅。」

「她不想再研究小玩意。」

愛克斯工作人員大不以為然，「在宇宙更高智慧生命物眼中，人類也是小意思，否則他們不會一直過門不入。」

「實用科學，全屬小意思：電鍋、走珠筆、手提電話、冷氣、升降機……沒有它們，人類也活着。」

「但比研究一億光年以外的 Ω 星座更能改進日常生活。」

「別忘記第一盞電燈，第一輛汽車，還有，第一管口紅。」

幾個人一輪嘴，把金豆說得好不尷尬。

「豆子請繼續努力。」

「你們的實驗室太小，搬到我們樓下可好。」

「唉，不用，室不在大，有仙則靈。」

「聞說力強實驗室在研究人造器官——」

「醫學製品研發需要關注法律管制，可記得某年輕女生揚言發明簡單驗血法，一年間集資四十餘億美元，卻被政府杯葛，指她未經醫學會批核，頓時破產，化為烏有。」

金豆笑，「我們還是研究橡皮吧。」

那天回到家裏，只見門外放着一株種在大瓦缸的桂花樹，樹莖已有手腕粗細，她收到電話：「回來了？我幫你搬進露台。」

是張言的聲音。

他蹬蹬蹬上樓，把樹木搬進屋內。

「這桂花有一特質，不但香而且膩，香味像黏在皮膚，久久不散。」

豆子看着他，「我知道你想説什麼。」

「那麼，你是答應，抑或不答應。」

「開頭，你並不喜歡我。」

「你神氣活現見工，順手改動我在板上心血結晶，不顧人自尊心。」

豆子好笑，「什麼時候改變心意。」

「不記得了。」

其實張言記得再清晰不過了，是那一日，他送她到公眾泳池，目睹慘劇，至今心酸。

「你想怎麼樣。」

「豆子，我們結婚吧。」

豆子不出聲，男人像小孩，桌上有塊餅餅，他想走開玩，不放心，先咬一口，留下標誌。

「你知我尚未準備好。」

「據我所知，其實——與你並無深刻感情，那不過是少女對愛情憧憬，放大百倍所致。」

「我也覺得可能，但——」

「因為他已經不在，變得沒有缺點。」

豆子站立，「博士，你不想浪費時間，我很明白。」

「你另外有對象。」

「張言，你怎麼會變得無禮。」

張言知道在這倔強女子面前再說下去，勢必連朋友都不能做了，他說：

「我去幫你買些水果。」

「張言，這些日子，我霸佔你太多時間精神，我們退一步想，做回同事吧。」

他開罪了她。

張言垂頭不語。太老套了，他連忙堆笑，「今天不是狀態，講多錯多，明日再說。」

豆子拉住他衣襟，「張言，對不起。」

張言實在忍不住，趁勢把豆子拉進懷抱，衝動吻她臉頰，一下吻錯，印到唇上，如輕微觸電，他忽然心酸，淚盈於睫，當初不乏女生追求的張博士，今日像丑生，可見遇到剋星。

豆子用手指撫摸張言臉頰，其實，她就是喜歡這樣線條分明略為豐滿的嘴唇，輕輕再吻一下，兩人都有欠技巧，但夠真純。

張言不爭氣，忽然忍不住落淚，可見這段日子，他感情受到折磨。

還得豆子安慰他：「噓，噓。」

聽說西人規矩是約會第三次才可唇吻，否則略為輕率，豆子與張言可說是保守中頑固分子，下一步不知要待幾時。

張言問：「在新居睡得可好。」

「半夜會提醒自身：你在新家床上。」

「可有做夢。」

「只聽見海浪之聲。」

翌日，收到一件由韓國寄出的包裹，打開，是一長條錦盒，她已知是何物。

只見玉簪已經修復，接口是銀製回紋圖案，天衣無縫，豆子本想即時就用，想一想，把它放回盒子，收進抽屜。

她簡單回覆娜拉：「收到，謝甚。」

不料娜拉回一張照片，「我已訂婚」，相片裏是濃妝的她與神氣的中年未婚夫。

啊，這麼快。

洋人叫這種做法move on——推進，不能永遠滯留某一階段，生活要向前。

豆子把船屋模型帶回家做，她用膠泥搓了芝麻，又做一個男子，白髮白鬚，當作老伯。

張言看到，「咦，憑什麼認為老伯如此老。」

「老伯呀。」

「我不認為他已七老八十，他生活活躍，又有情趣，老弱之人不宜住船屋。」

「難道老伯只得廿歲？」

「那又不，怕是四十歲的盛年吧，奇是奇在那段長日子你一直沒有見過他。」

「所以推測他年老不想見人，我確定他七十八歲。」

「也有可能。」

「張言你現在都不與我爭議了。」

張言嘻嘻笑，不作答，吃過虧，他學乖。

走過首飾店，他會留意鑽飾。

女服務員請他進去參觀。

張姐知道後悻悻說：「我就是給你姐夫蒙了，一件登樣的首飾也無！」

又喜孜孜陪張言一起挑寶石。

張言說：「十劃尚無一撇。」

「都這麼說，我看你有七成把握。」

「另外那三成確實可怕。」

「你們可有——」
「沒有。」
「可敬可畏。」
張言遺憾，「可能是我不夠性感熱情。」
張姐大笑，那頑皮小兒子也跟着呵呵呵，被舅舅追着打，拉住，倒地下，呵癢，一室歡笑。
「對女朋友，有時也要這樣。」
張言頹然，「太造次了，怎麼做得出。」
他挑中一顆藍鑽，在陽光閃爍得像會活轉海水似，大小剛好可天天戴。
張姐羨慕，「真好看，誰說寶石庸俗。」
張言把指環用繩子串起，掛脖子上，預備隨時應用。
接着，就是準備居所，俗云巧婦難為無米之炊，不準備照顧妻室，就不要勾搭女性。

這回張姐有點高興，「我那位倒是有瓦遮頭，不容易啊，」又說：「不一定有房子才能結婚吧。」

「這同讀書不是讀分數一樣騙人。」

「你是老王老五，肯定有點積蓄。」

不如眾人想像中那麼豐裕。

他連大廈名稱都要挑選，讀書人，文雅些好，怎可住「斗率麗宮」或「東方白金漢」、「富貴極尊華廈」……

他喜歡的房子，超過他能力所及，除非，未來妻室願意夾份子。

過一天，接待處同豆子說：「金小姐電話。」

「豆子，果然是你，可找到了。」

「哪一位呢。」

「豆子，我是船屋雅谷，記得否？」

「啊，雅谷，好嗎，你在何處。」

「我在你辦事處大廈樓下，方便探訪嗎。」

「太意外了，我下來見你。」

她忽忽告一小時假走到樓下，看到惹人注目漂亮的雅谷一臉笑容，「豆子，」一趨向前吻雙頰，「別來無恙，一般秀麗。」身上明顯有股氣味。

「我們找個地方坐下談。」

他摸摸又皺又髒襯衫下肚皮，「我餓壞了，請我吃午餐吧。」

豆子找間相熟餐館。

雅谷嘻嘻笑叫一壺啤酒與十四安士牛排。

他把肩上背囊咚一聲卸地上，那裏邊彷彿裝着他全副家當。

他一邊吃一邊説：「我打算用一年時間跑東南亞開眼界。」

他就是所謂背包客旅客，聽説，晚間住在一房四床小旅館，洗澡要另外付錢。

豆子當然明白他們是兩個世界的人。

但她想知道船屋的事。

「老伯好嗎？」

「我沒見到他，這次出門，他慷慨借出盤川。」

繼續大口吃大口喝。

「仍沒見到他？」豆子失望。

「但他正改裝船屋，搬來許多太陽能板，他打算親手裝嵌……」

「下一站何處？」

「泰國。」

豆子點點頭，看他狼吞虎咽，好似很久沒有飽餐。

「豆子，有一件事。」

「請說。」

他也坦白，「我們路費用光，請求幫忙。」

豆子啊一聲，她還以為雅谷一心聚舊。

怎會如此天真。

他說「我們」，可見還有伴。

「希望你贊助，將來我們出一本旅遊刊物，一定在扉頁鳴謝。」

「還有誰人？」

他用手指一下，豆子一看，坐在另一桌，不知什麼時候進來的一個女子向他們招招手，比他更髒，頭髮打結，叫人畏懼。

「我的女友。」

「為何分開坐？」

「她不喜應酬。」

金豆啼笑皆非，破到這種地步，還有脾氣，卻不怕開口討錢。

「先告訴我，芝麻怎樣。」

「啊，你不知道，我以為小藍花會通知你，芝麻不久前辭世。」

金豆心一涼，不算太好情緒一下子跌落谷底。

「芝麻已年邁。」

豆子已不想多說：「多少？」

「啊，一千美元可以嗎。」

她看着雅谷，他大眼睛眨都不眨，好像只是小數目，當然，背包客也要乘飛機吃飯。

「我身邊沒那麼多現款。」

雅谷不放鬆，「對面街上有銀行。」

「是，你說得對。」

他抹抹嘴，喝完啤酒，等金豆結賬。

豆子震驚，她一生從未遇着過如此無賴，連忙定一定神，請侍者結賬。

「別忘記那邊桌子。」

豆子忽然想明白了，微笑，「當然。」

那年輕女子走近，他倆摟住。

「你們在這裏等，我去提款。」

那女子十分精明，「雅谷，你陪她去。」

「豆子不會逃脫，哈哈哈，我知她在何處工作。」

豆子走進銀行，知會張言，把事情告訴他。

張言沉聲答：「我立即到。」

回到餐廳，發覺這一對男女正把各式三文治打包。

雅谷賠笑，「這次全靠你了，豆子。」

豆子把銀行信封放桌子，那雅谷還要點數目，「喂，只得三千。」彷彿他手中有金豆裸照，非一萬交換不可。

張言輕輕說：「三千也不是小數目，以後，請不要再出現。」

「豆子——」

張言瞪大雙目，對他說：「你們這種行為，形同勒索，再不走，我會召警。」

「這——」

雅谷女伴連忙拉一拉他，兩人多謝也沒有一句，忽忽離去。

豆子對張言說：「對不起。」

「千里追蹤，也不簡單，三千路費也算了。」

「再來呢。」

「那就一定報警。」

「會不會這一次也不應該給。」

「但你又做不出。」

「博士，這次經歷，叫我對人性改觀，原來做人可以去到如此沒臉沒皮地步。」

「金小姐，一個人衣食足方能知榮辱。」

「那麼，我倆快回實驗室研究橡皮賺錢。」

原來，芝麻已經不在。

她為之黯然。

把那小團搓成芝麻形狀的塑膠泥順手貼牆上。

應付完雅谷，半肚子氣半肚子傷，累極，靜靜伏在桌上，忽然盹着。

許久沒做夢的她做了個噩夢，看到自己疲倦地在街角躑躅，極想喝杯熱咖啡，但身無分文，有陌生人推撞她，她大喊：「欺侮女性，救命。」

張博士把她推醒，「沒事沒事。」

她緊緊握住張言的手。

金豆呵，她同自己說：「你莫以為張言這樣男子唾手可得，世上還有許多欺侮女子的男子。」

「喝杯熱茶。」

「大家都下班了嗎。」

「別害怕，有我在。」

金豆吁出一口氣，「太沒用。」

「來，我們去探祖母。」

「心情不好，不想見人。」

「祖母與阿二是『人』嗎，見一次少一次。」

這時，金豆收一通電訊：「豆子，我是小藍花，還記得嗎，我想請你當心雅谷這個人，他把老伯船屋裏電器都拆掉偷走，還有，儲錢箱裏數十元也不放過，我與他吵了一場，知道他會去找你，當心這個人，再提醒你，他叫雅谷，又，芝麻離世，去時十分平靜，不必牽掛。」

金豆覺得欣慰，一個中一個不中，世上還有好人。

張博士輕輕說：「我與你，是不折不扣小資產階級城市人，停電半日已經要我們老命，不必再掛住船屋了。」

「是我想得太好。」

張言吁氣，「事情永遠不會像我們憧憬那般好，但是，有心理準備也無用，事實只有更壞，或是，萬一好得不像真的，大概也不是真的。」

豆子被他的悲觀論調逗得哈哈笑。

原先以為張言不是聊天好對象，但他訴起苦來，卻如此有趣。

他還有什麼優點有待發掘？他開得一手好車，耐力奇佳，還有，祖母喜歡他：「阿言從不穿破衣褲，襯衫雪白，頭髮整齊，見到長輩，立刻站立。」

上班，教授在小型實驗室做測試，忽然發生輕微爆炸，張言第一個提着滅火筒搶進噴熄小火，這件意外並無驚動警方，收拾一下，當沒事發生。

但接待員大驚失色，第二早就辭職。

教授頹然，從未想過退休的他忽然告假三天。

豆子讓阿二做幾個菜帶着探訪。

教授開門，那天有陽光，他白髮長而蓬鬆，看上去像卡通老人，的確上了年紀，臉上壽斑點點，見到金豆，相當歡喜，連忙張羅咖啡，金豆讓他先坐下，到廚房幫忙，教授只得一罐即沖咖啡粉，洗出兩隻杯子，煮開水，泡出咖啡。

又見他沒飯沒粥，豆子索性把阿二請來。

教授搖手，「怎麼好打擾你，唉，王老五王老五，衣破無人補……」

豆子笑着陪他坐下，不過先得把舊報雜誌搬開。

老科學家與老書生都這樣不拘小節，有時叫人吃不消。

阿二輕悄收拾，先煮一鍋飯與一鍋粥，把熟菜取出，煎香荷包蛋。

教授大喜，「我最愛荷包蛋。」

阿二頓生憐憫之心，唉，一肚皮學問有什麼用，堆積如山的舊報有些還是上一世紀六十年代之物，可怕。

豆子與教授坐着說話。

教授輕輕說：「我有親友住在加州……」

豆子說：「都等你回來上班呢。」

「豆子，我想退休了，實驗室留給你與張博士。」

「嗄，群龍無首，怎麼辦，你在家裏，又幹什麼才好。」

「我到加州與家人會合，種花養魚。」他似乎心意已定。

黃昏，豆子與阿二告辭。

阿二說：「男人老了也可憐。」

「教授不懂打點生活，張言不一樣，他比我還整齊。」

「女人總懂收拾自身。」

「今日許多女子家居也一團糟，她們外出洗頭修指甲做按摩沐浴，三餐外邊吃，衣服由洗衣店負責，忙學業與工作，噫，男女平等。」

「將來你會讓張先生做家務嗎。」

「阿二，我不一樣，你也許不太記得，我到祖母家之前曾經吃過苦，學會做家務，不過，我也懶得很。」

「過去的事別說了。」

這時接到祖母電話：「家有不速之客，速回。」

這會是誰。

在門前已聽到有人粗聲大氣激烈發言。

門一開，金豆看到父母站着與祖母對話。

阿二不動聲色，把祖母的安樂椅移近露台。

她說：「兩位請坐，我去斟茶。」

朝豆子使一個眼色。

豆子連忙蹲到祖母面前，就地坐下，手放祖母膝上，保護老人。

那金先生哼一聲，「七老八十，也應該分產了。」

祖母雙手微微顫抖，豆子一聲不響，替祖母逐隻手指輕輕按摩。

金先生十分不堪，用聲音鎮嚇老人：「此刻不分出來，將來全給政府沒收。」

阿二實在忍不住，重重地說：「還有豆子呢。」

「我是親生長子，我排第一。」

金先生竟與金豆爭家產，而老人還活生生坐着。

豆子忽然開口：「祖母疲乏，你們請回吧。」

阿二聞言立刻打開大門。

金父踏前一步，「你敢趕我走。」

豆子光火，「請你走！」

相熟鄰居已聽見他們這一戶吵了很久，知道她們只有婦孺，開門關注。

金父夫婦只得離去。

臨走前金母伸手拉住豆子手，「女兒我有話説。」

金豆一揮手拂開她，關上門。

阿二服侍祖母喝安神茶，扶她回房休息。

豆子與阿二收拾家居，阿二説：「我去買些水果蔬菜。」

她出去了，豆子正平下心情看筆記，祖母叫她。

豆子立刻高聲回答：「在！」

祖母起來了，平時打扮時髦的她忽然佝僂乏力，肩上圍着披肩。

「豆子，我有話説。」

「祖母請講。」

祖孫坐下，祖母開口：「第一，將來，提防有人問你索取大量金錢，須知道，一萬元以上已是大數目，而且，交出去貸款，永無歸還之日，你對別人好，亦無回饋之日。」

如此悲觀，想必是經驗之談。

「二，祖母雙目雪亮，嫁給張博士，是你好機緣。」

金豆點頭。

「三，必要之際，莫遲疑，報警。」

金豆說：「祖母可要喝些白粥。」

年輕時的祖母，也必定有她的故事，可是今日，說給誰來聽。

阿二回來，忽忽掩門，輕輕說：「他們兩個人坐車內，在街角等不知什麼。」

豆子回答：「必要時，莫遲疑，報警。」

「不是說要移民嗎，如何又摸上門。」

「他有多大年紀？」

「五十多歲了吧。」

「過去三十多年，他幹了些什麼？」

「誰知道。」

豆子休息一會離去回自己家。

街角等她的那輛車裏跳出人來攔住，「金豆，止步。」

該剎那，豆子比什麼時候都想回到那小小船屋，躺甲板上，無牽無掛看藍天白雲。

她母親說：「豆子，你要救父母，救燃眉之急。」

豆子不出聲。

「問你祖母拿一百萬，她可以還個價，不要太離譜，我要過一年才有財政轉機。」

豆子疲倦，「五十多歲已屆退休年齡，你倆如何似剛剛開始。」

「你教訓我？」

金父怒極舉起一隻手作勢若打。

忽然有一個人擋在豆子面前保護她。

張言張博士！

他拉起她手即刻上車。

豆子鬆口氣，臉色猶自發白。

張言打趣：「那麼多討債的人上門。」

豆子忽然心酸。

張言自知失言，「豆子，」他內疚，「對不起，我多嘴，你切莫多心。」

豆子看着窗外。

回到家，打開冰箱，取出冰淇淋桶，獨自勺着吃，張言自身後抱住她。

金豆不出聲，也不流淚，大口大口吃永遠可靠的冰淇淋，張言搶下匙羹，

「你會冰得頭痛。」

豆子長長嘆口氣，「我應付不了，真想離開本市。」

張言沉聲回答：「一天一天的過，有我陪着你。」

豆子用手托着頭，「多麼不公平，你應找個無憂無慮沒有包袱的女子嘻嘻哈哈約會。」

「誰沒有負擔，你告訴我。」

豆子躺到床褥，用被褥遮住頭。

張言的電話不斷，都與愛克斯公司有關。

「可是追新設計公式？」

金豆順手取起一張圖樣，電傳過去。

張言心煩，但是也忍不住微笑，他相信豆子有能力與處境搏鬥。

「那是什麼圖樣？」

「船屋最簡單設計。」

「可是，與實驗室毫無關係。」

「先擋一擋再説，教授堅持退下，你我不可能為理想長久支撐，實驗室遲早關門，張博士，我們遇到滑鐵盧，恐怕得回學校教書。」

「你可以往愛克斯。」

「那邊壓力多大，好像每月都要交出新計劃。」

「因為每個人每月都要應付各式各樣賬單。」

「做人是否光為付賬單？」

「攪妥賬單肯定是人生最大要事，然後，才可以戀愛。」

兩個年輕人忽然哈哈大笑。

雙方如此坦誠，真可以結婚。

每過一個難關，他倆又多些瞭解，感情又密切一點。

患難見真情。

兩人促膝夜談，豆子心情漸漸平復，她在張言懷中睡熟，張言沒料到她有鼻鼾，輕輕的，一起一伏，像小動物。

他覺得口渴，但始終沒有力氣起來倒水喝。

第二天清晨醒覺，豆子已經滾到另外一邊，側着臉，面孔壓扁扁，十分可愛。

張言連忙往浴室洗臉漱口淋浴，裹着毛巾出來，看到豆子一人站露台，觀看煙霞中城市霧霾，這便是紅塵。

洗衣乾衣機完成任務，他把衣衫穿上。

豆子輕輕回頭。

背光的她渾身有道金邊，映出她纖細四肢小小腰身，在張言眼中，就是世上最精靈美女。

他心中忽然充滿喜悅，覺得生活再苦，也是值得。

他振作起來，給接待員電話：「還不快回實驗室，鎖匙都在你處！」

接待員也後悔唐突辭工，連忙答允。

他又找教授，「老頑童，我們等你開工。」

他變成總指揮，「豆子，快更衣化妝。」

他倆一起出門。

在車上已收到愛克斯詢問：「願聞其詳。」

豆子詫異，「他們要船屋設計何用？」

「他們也得應付賬單。」

立刻答覆：「請來開會。」

沒想到接待員與教授比他們先到。

接着，愛克斯代表也趕到。

三個臭皮匠，一個諸葛亮。

愛克斯說：「船屋設計，是浮在泳池上的兒童憩息處，冬季，可拖上岸，像樹屋那樣，作為兒童俱樂部，大中小三個尺碼，任由選擇，作料，選擇最輕盈最安全的愛克斯塑料，這批作料，已放足一年，今日派用場。」

他們全想好了，叫豆子瞠目。

「玩具，是現世代最賺錢產品，將嘗試與卡通品牌合作，做成海盜船之類模型……」

「比大型充氣玩具強多了。」

豆子坐着不動，實驗室的賬單有着落了，她四肢舒泰。

會議結束，教授訕訕，回到自己座位。

張言與豆子只當什麼也沒發生過。

接待員說：「一位殷律師找金小姐，請速覆。」

豆子躊躇，她不認識任何律師，好奇，立刻回覆。

「金小姐，請到我事務處詳談。」

「談何事？」豆子莫名其妙。

「關於令祖母莫惠霞女士遺囑。」

「家祖母好端端在生——」

「未雨綢繆是十分智慧的一件事。」

「我拒絕談論這件事。」

「金小姐，你是理科學生——」

豆子已經放下電話。

真荒謬，金父死命問祖母要這要那不得要領，祖母硬要把產業給豆子，她卻拒絕。

下午，那位殷律師帶着助手上門，她是一中年女士，頭髮染得很好看，她拄着手杖，型格十足。

豆子無奈，只得招呼。

殷律師放下名片，「貴實驗室規模壯大了，可叫我代理商業法律事宜。」

豆子問：「祖母還在呼吸——」心酸，說不下去。

「她不想日後紛爭，要你在物業文件上簽字，先過戶給你。」

「我要來何用。」

「這真是孩子話。」

「家父手頭不便——」

「這件事令祖母也與我談過，但，聽說他有左手來右手去的處世方針，給一百，他招呼友人吃喝玩，給一千，添多一名女友，再多一萬，往歐洲住整月，終於，生活仍然沒着落。」

金豆不出聲。

「令祖母名下產業也並非那麼豐厚，除出住着的房子，只得一些股票與若干藍籌，請在這裏、這裏與這裏署名，了卻她心願。」

「若有人放火燒我怎麼辦。」

「我會代你報警，本市英勇制服人員會替你復仇。」

金豆沒想到殷律師說話如此直截了當。

教授緩緩說：「請恕我多嘴，豆子，簽名為上。」

「不，我不原諒你多言。」

殷律師微笑，「的確是個好孩子，為什麼不要？」

豆子回答：「有人會追蹤這筆錢不放，不讓我如常生活——」

「『不讓人如常平安生活』的破壞分子，即是恐怖分子。」

「如果放棄遺產，誰也不會再看我一眼。」

張言聽着微笑，這個蠢女孩，因噎廢食。

果然，殷律師說：「太遲了，那些人總以為你還收着什麼。」

把筆遞到她跟前。

「待我讀過小字再說。」

「沒有小字，我出外喝杯咖啡，三十分鐘後回轉收取文件。」

這時，祖母電話找金豆。

豆子躲到一角，低頭說幾句，大多數時間聆聽，放下電話時一臉通紅。

她取起筆，即席簽署。

殷律師說：「財產暫時由我保管，待金小姐結婚那日或廿八歲生日那天全權交她處理。」

殷律師與助手離去。

教授説：「豆子，你告假回家看祖母吧。」

張言説：「我陪你。」

教授答：「你留下工作。」

「豆子，你當心。」

走近祖母家，她四處張望，不見可疑的車與鬼祟的人，忽忽上樓。

恐嚇女人的，通常曾是她們最親密的人，勞駕警方發出禁制令，也是對付這些人，可悲。

祖母精神相當好，笑着説：「要辦的事終於做妥，叫我放心。」

豆子坐在客廳計算船屋基本用料及重量，陪着祖母整個下午，但沒説話，阿二替她添茶遞點心。

下班，張言來了，阿二歡喜，「我替你留一份自製白糖糕。」

「可惜市內家居泳池不夠大。」

「他們打算銷往北美。」

「愛克斯總公司就在北美。」

兩個年輕人繼續研究。

累了，站露台看月亮在半空移動。

沒有群星，連最明亮金星也看不到。

阿二說：「你們回去吧，祖母要休息了。」

豆子握着祖母的手一會告辭。

張言說：「不要怕，有人活到一百零八歲。」

阿二悄悄告訴說：「那輛車子，在街角直等足五個下午，我買菜時見到，確實有點怕，當街拉扯，有什麼好看，終於走了。」

用那個時間賺最低工資，也足夠吃飯，堪稱人各有志。

第二天，張言向實驗所告三天假。

教授問：「去何處。」

「是我私隱。」

「不是一家人嗎。」

張言只是微笑。

「去辦婚禮事宜吧，瞞着豆子，給她驚喜，難道，她不會問？」

「她從來不問別人不說出來的事。」

「婚後她才慢慢拷問。」

張言笑得更加開懷。

豆子猜想張言是去愛克斯總公司談條件。

她出乎意料想念他，渾身不自在，像不見了什麼，又說不上來，彷彿穿錯小半號鞋子，又像沒吃飽飯，晚上也睡不好。

彷彿女子心中總得牽掛某個人才能生活，不是他，就是他，要不，是子女。

她的胸腔天生有一個穴位，現在填充它的是張言。

張言的確是與愛克斯公司員工結伴齊見總公司負責人，但，他還有一個更重要差使。

在西雅圖逗留半日，開完會，得到理想合約，他起程往奧市，為着省時，一路乘小型飛機，這種內陸飛機常常出事，有時緊急降落公路，有時在森林墜毀，張言揑一把汗，倘若有意外，會給豆子罵死，不過，真好笑，真往下掉的話，罵他，也不再聽見。

生命無常，更要辦妥這件事。

到達奧市，他發怔。

不認得了。

湖邊新建築似雨後春筍般冒出，大字中英文招牌「第一期六十二間城市屋經已售罄，請速訂購第二期」。

他發獃，找不到那間湖畔旅店。

出售運動器材商店卻擴張營業，大了一倍。

張言進去詢問。

「啊，早已拆掉重建，你看到那幢七層高公寓房子否，那就是它了。」

張言瞠目，這麼快。

「旅館東主發財後搬回老家多市退休。」

「那小小碼頭呢。」

「現在湖畔有十多座碼頭。」

張言連忙聯絡房屋中介。

那年輕女子一見華裔面孔，歡喜，「是弓長張先生，請問打算選購何種房子。」

「呃，船屋。」

她大表詫異，「本市政策：停止發出船屋停泊執照，數目有限，也不甚受抬捧，你是第一個詢問顧客。」

張言深深呼吸一下新鮮空氣。

他問：「可以轉讓否。」

「這不成問題，但是——」

「請帶我參觀。」

走到碼頭，只見停泊不少小型遊艇以及水上機車，年輕人結伴喧嘩，十分熱鬧。

「我帶你往西岸，那裏比較靜。」

「湖中央聽得到樂聲語聲否。」

「深夜，可聞蛙鳴。」

張言苦笑。

「這是經濟發達的必然結果。」

僱船伕駛往湖中船屋，張言數一下，只剩四間。

「湖北端還有，」中介查閱紀錄，「一共三幢，最近新移民亦喜湖畔風光，但把船屋固定岸邊，一舉兩得，可享湖光山色，又不必漂泊。」

張言點頭。

小船駛近其中一間，張言問：「你可聽說有人叫老伯。」

中介搖頭，「沒聽説過。」什麼樣古怪要求的客人都有，她已見怪不怪。

張言細細查看，他對老伯船屋印象本來不深，此刻更無法辨識，只看到屋前一整排盛放鬱金香，啊，是它了。

「喂，主人在家嗎？」

無人應，只有藍天白雲與靜靜湖水。

張言心急，「上去看看。」

「張先生，這是別人的家居，雖在水中央，但也不可任意登門，你説是不是。」

張言汗顏，「是，是，是。」

這時，卻有人走出船屋，是一少女。

中介揚聲，「對不起打擾，可以説幾句話嗎。」

少女走近，打量兩人，「你是地產經紀。」

「正是。」

她又看着張言，「咦，我見過你，你是豆子的朋友，豆子好嗎。」

中介說：「原來你們是熟人。」

這時，有一隻可愛小小金毛尋回犬跑出汪汪叫。

少女呼喝：「芝麻噤聲，都是朋友。」

牠也叫芝麻，分明是舊芝麻承繼人。

小狗活潑可愛，張言抱懷中揉毛。

「豆子很好，問候你呢。」

「想念豆子。」

「這是老伯的船屋嗎。」

「正是，他人不在，往銀行商量貸款打算上岸，這船屋準備出售。」

中介大喜，生意要上門，擋也擋不住。

張言也笑，眼看沒有了，又獲機緣，「這事交託給你了。」
「一定辦妥。」
少女說：「船屋出售，我等便少個歇腳處，你看，奧湖風光將全部改變。」
張言記起少女名字，「你是小黃花——」
「不，小藍花。」
「你照樣可來船屋，假使買賣成功，你可做我守屋人，我付工資。」
「太好了，你可是與豆子一起住這船屋。」
張言臉紅紅，「想是這樣想。」
藍花與中介哈哈大笑。
「這是老伯的聯絡電話。」
中介說：「張先生住什麼地方。」
他回答：「我乘今午五時飛機回家。」
「那事不宜遲，快往我辦公室談合約。」

張言不忘掏出若干銀両，「給芝麻買排骨吃」，又替藍花及狗狗拍照。

回到岸上，張言到啤酒館吃三文治，異常掛住豆子，要向她報告愛克斯好消息。

電話沒接通。

中介已經過來找他，「這個價錢。」

張言一看，比意料中貴一些，「可以還價否。」

「張先生，今日這市場是賣者天下，不宜還價，如有人競買，還得加價，你已算幸運。」

張言連忙答是，開出支票，到銀行付出訂洋，讓中介辦事，她一邊與賣主聯絡一邊說：「張先生，我送你往飛機場。」

一路上給張言讀許多船屋附例。

張言問：「加國所有湖泊都有船屋？」

「天氣最寒如北部大奴隸湖與大熊湖相信沒有，五大湖水上交通繁忙，也不設船屋。」

張言點頭。

她想問人客為何喜歡船屋，一想，這是人家私事，生意做成便好，問太多無益。

「我繼續聘請小藍花看屋，芝麻也可留下，你代我付工錢給她。」

中介笑，「芝麻恐怕會被主人帶走。」

張言嗒然。

「你可以再領養一隻。」

「到時再說吧。」

「張先生，謝謝你的生意。」

「不客氣，勞駕。」

張言回到家，不多不少，剛好三天半。

豆子抱怨：「頭尾足足五天。」

事情順利，他吁一口氣。

教授看過愛克斯合約，十分滿意，「我可以告老了。」

「才不讓你回家享福。」

其實家裏沒人，退休是一種折磨。

教授把博士拉到一邊，「你打算到外埠結婚？」

博士把到奧市置船屋之事告訴他，「打算當結婚禮物。」

「好是好，可是你多年儲蓄……」

「差不多了，又得重頭開始。」

「不怕，這也是一項投資，說不定將來可以賣出獲利給別人蓋水上皇宮。」

一向置地都是好主意，但船屋沒有地皮。

「豆子這女孩古怪，對金銀珠寶全無興趣，亦不爭名奪利。」

與眾不同是要吃苦的。

豆子走過，這樣說：「你倆密斟什麼，告訴你們，我不會出席愛克斯任何宣傳大會。」

「豆子，為何對世界失望。」

「嘿，如果你有六個鐘頭，我慢慢說你聽。」

「旁聽，你坐觀眾席。」

「我才不上當，屆時燈光一轉，落在我身上，會有人大聲說：『歡迎金豆女士說幾句話』。」

教授無奈，「看到沒有，博士，把你當狼，我是狽。」

這時，豆子與張言像小朋友般並排坐，手握手，十分有趣，教授只得笑。

傍晚，去看祖母。

阿二輕聲說：「那兩個人沒再出現。」

「生活可恢復平靜。」

「沒有，祖母不大願出門。」

「那不行，她需要散步曬太陽。」

「我打算找個年輕力壯的人陪她。」

張言說：「我來，約個時間，早晨或黃昏，每天半小時。」

祖母躊躇：「多一事不如少一事。」

豆子說：「年前倫敦地鐵遭恐怖分子襲擊，死傷數百，第二早，市民照常步行上班工作，記者問：『不害怕？』他們回答：『希特拉轟炸都沒怕過』。」

週末，由豆子負責陪散步，張言帶外甥一起，當作約會。

好幾個月都平安無事。

張言走在前邊，阿二陪在身邊，豆子殿後。

祖母問張言：「快了吧。」

張言漲紅臉，如此怕羞，真是少有。

山路不寬，跑步人士需側身而過。

這便叫做狹路相逢，一邊是山，另一邊是欄杆下懸崖，忽然被一人攔住。

最不想發生的事終於發生。

只聽到那人沒頭沒腦大喝一聲：「一口價，五十萬，今日非要到手不可！」

張言與金豆連忙擋在前邊，阿二不再說話，取出電話報警。

這時，一對緩步跑青年看到那人惡形惡狀，止步，揚聲：「發生什麼事，可需要幫忙？」

阿二大聲答：「搶劫，搶劫。」

小路被堵住，巡步的警察也已趕至。

那人舉起手，「誤會誤會。」

不料張甥抱不平，走向前，舉起穿着小靴子雙腳朝那人足脛用力踢去，那人痛得屈膝。

警察忙於問話。

張言抱起小兒，這才發覺祖母由豆子與阿二扶着，已經半昏迷癱瘓。

救護車上不到小路，由擔架把祖母扶上送往醫院。

金豆平靜對那人說：「這回子，你的氣可消了吧，不過是為着幾個錢，你竟然逼死老人。」

張言與阿二連忙拉着她。

警察跟着到醫院落口供。

他覺得匪夷所思，「這麼說，你們三人是祖、兒、孫？」

金豆微笑，「難以置信可是。」

她站起，去看祖母。

她已被移到緊急病房。

這時，殷律師也到了，阿二對她陳述剛才發生的事，她沉默鎮定，雙手拄在手杖頭上。

「那人呢。」

「他說他根本沒有接觸到老人肢體，警員做完記錄只得放他走。」

殷律師與醫生詳談。

祖母莫女士一直昏迷，在第二天差不多時間悄然辭世。

眾人無語。

金豆想起祖母說過「多一事不如少一事」，後悔得想吐血，氣都透不過。

阿二對殷律師說：「拜託你了。」

「莫女士一早安排妥當，只需一個電話，就會有專人前來辦事，她不會麻煩別人。」

張言忽然說：「那邊的世界，不知是怎麼樣。」

「靜。」

「愛迪生回光返照時說：『真想不到那邊是那麼美麗』。」

「我情願是靜止。」

金豆聽見他們對話，出不了聲。

接着，多虧張言，跟進跟出，照遺囑辦事，其中一項竟是把舊屋重新裝修。

祖母心意清晰，她想金豆得到合理舒適生活。

豆子整月不說話。

張言拍桌子，「祖母不是你害死的，她腦血管栓塞致命。」

張姐勸金豆，「人類命運如此，人生路是傷心路，一路走來不知失去多少，得不償失，無限辛酸。」

越說越傷心，她自己先流淚。

沒有幾人能像殷律師那般有尊嚴地接受事實。

她把莫女士遺囑整理妥當，叫有關人士開會。

遺囑上一共兩個人名字：金豆，與阿二。

給阿二的退休金十分簡單，全現款，簽署後當存入戶口。

給金豆的，有那幢老房子，與若干證券，只得六位數字。

殷律師說：「實際上，那人把她的財產估計過高，一個老寡婦，四十年沒收入，城市生活費用高昂，忽然，又得負責一個孩子的衣食住行學費，算是不容易了。」

金豆一想到她便是那個孩子，垂頭不語。

「阿二女士，她的意思是，你可告老還鄉，原籍是青島吧，那是好地方。」

阿二稱是。

「金小姐，祖屋你可以住，也可以請銀行代為出租。」

金豆不出聲。

阿二握住她手，「豆子，我告辭了，你自己珍重。」

孑然一人，豆子明白這意思了。

這時，祖屋已全部騄白，舊家具捐出，一片新景象，不到半個月已租出，可以這樣說：豆子假使量入為出，那麼，靠這筆租金也可以過活。

這樣一來，她可以追隨個人意願瀟灑生活，不必折腰，看臉色，擔心這個沒着落，那筆賬又不知如何應付。

普通人的儲蓄，不是用來做喜歡做的事，而是靠它，不必做不喜歡的事。

金豆把她與祖母合攝小小一幀照片放書架最尊重位置，每天進出看一會。

教授擔心，「阿言，豆子近日像啞巴，你們婚事又不得不耽擱下來。」

「她現在自成一國，不需求人，條件比從前又勝一籌。」

「你怕有人說：做她伴侶，衣食無憂。」

「我怕我已不能提供她什麼。」

「你有厚實肩膀。」

「以她條件，還怕找不到豐厚肌肉。」

「怎麼可以如此粗魯形容你倆關係，不但小覷自身，也低估豆子。」

「對不起。」

「咄，你想歪了。」

教授親身出馬，「為什麼冷淡我倆。」

「對不起，教授，我心不在焉。」

「這是愛克斯公司進攻玩具世界船屋第一炮的宣傳單張，請過目。」

豆子接過七彩光紙說明書，感到欣慰，「凡事都要包裝。」

她順手把單張黏在牆壁上。

那塊膠泥上已經貼着一小疊紙張，像小小佈告板，但紙張都沒落下。

教授說：「這是什麼。」

他把紙張掀起，看到一團棕黃色軟膠，依稀看到是一隻狗的模型。

「這塊膠，黏性特強。」

「同市面上藍膠白膠一樣。」

「不，它可以黏的重量不少，待我計算一下。」

教授把膠與紙取進實驗室。

又是一塊膠。

金豆送阿二到快車站。

「飛機快些。」

「如今火車也只是七小時，都不再轟隆轟隆，也不噴白煙，不一樣了。」

這半個世紀變化極大：鐘表沒有針，攝影機沒有底片，購物毋須用鈔票……人情世故卻還差不多：爭名奪利，往別人臉上描黑……

「阿二，這一去你自己當心，一下子必然有許多親戚圍上，你荷包要揸緊。」

「啊，豆子變成明白人。」

「阿二，你從來不說祖母的事給我聽，她的一生，必定有起有落。」

「怎麼好把東家的私事四處宣揚。」

「但我是孫女呀。」

「她想你知道，自己會講。」

撬不開阿二的嘴。

「總之，你到祖母家時，她的經濟已經不錯。」

「你怎麼認識她。」

「我們是中學同學，初三我輟學打工，她讀到畢業。」

「她家境如何。」

「比我好些。」還是不願多說。

車到站頭，豆子送阿二上車，這時張言也出現，給阿二一籃水果。

阿二十分感激，揮揮手，去了。

這恐怕是他倆最後一次見阿二。發覺她個子很小、很瘦。

她又是什麼樣故事，彷彿十多歲就得賺取生活養活自身，莊敬自強的她受社會教育，吸收力強，成為有用一分子。

不過半個世紀之前，人人吃苦耐勞，不比今日，人人要讀大學，人人爭取全民退休金。

豆子靠祖母蔭庇，得到合理生活，不敢多嘴。

她嗒然，想到遠方船屋老伯，他不知如何，可在股市上有所斬獲，抑或，失去芝麻之後，寂寞失落。

張姐看到豆子鬱鬱寡歡，這樣說：「結婚生子吧，幼兒叫你忙得連吃飯如廁工夫也無，就不會想這想那。」

「也不做夢？」

「做，怎麼不做，夢見被大石壓住，無比痛楚，驚醒，原來是兒子伏在腿上。」

「真的有那麼好？」

「不信，把犬兒帶回家照顧三天。」

「近日忙什麼。」

「要考國際學校幼兒班，在學唱人家國歌。」

豆子笑得彎腰。

張姐說：「一路供奉到大學畢業，找到工作，又隨人家女兒去了。」

「啊，那麼，快享受此刻。」

「是，享受服侍屎尿屁。」

連一向好脾氣的姐夫都輕輕說：「別嚇着豆子。」

「對不起，我居然有膽子訴苦。」

「張姐，我們出去走走。」

孩子聽見，「舅媽我也去。」

「大家一起吃冰淇淋。」

張姐怒答：「我要逛時裝店，我不吃冰淇淋。」

大家知她辛苦，讓豆子陪她往看手袋，姐夫暗把信用卡塞給豆子。

張姐說：「我要選一隻小巧精緻瀟灑只放得下一管口紅的小手袋。」

豆子幫她挑一隻極扁極小的可愛揹袋，然後再要一隻健碩可放得下幼兒雜物大袋。

「張姐，我一點心意。」

「不可以——」

「行啦。」

然後，大包小包拎着與男人小孩會合。

豆子叫一個香蕉船獨吃。

結婚後，就是過這種幸福生活了。

三五年後會得離婚嗎——

正在此際，隔壁一桌兩個孩子爭吵叫鬧，被他們急脾氣的母親搶過冰淇淋丟到垃圾桶，並且揪着臂膀擰走。

豆子大驚失色，可以這樣兇狠以武力應付嗎。

那頭，教授與博士沒日沒夜在實驗室做測試，她到美味小食買粥粉飯麵，店主笑，「金小姐，只你一人？」

「他們開夜車。」

「那麼，我奉送特濃奶茶。」

豆子坐一邊等食物。

「對，那位游泳健將，是你男友不是。」

豆子一呆，臉上變色。

店主知道說錯話，立刻噤聲。

把食物交上，「七折，金小姐。」
豆子一聲不響離去。
不知為什麼，她又轉頭，對店主輕輕說：「他意外辭世，已不在人間。」
店主嚇一大跳，難過，說不出話。
金豆帶食物到辦事處，教授與博士撲出，「吃啊。」
兩人興高采烈，顯然研究有所得着。
「有何結果？」
「還需要一點時間。」
「可需要我參與？」
「你已經做好基礎。」
「玩具膠內添了——與——，使之柔軟，同時添上韌力——」
這時，他們的接待員推門進來，咦，這麼晚了，發生什麼事，臉紅紅，猜是與男友吵架。

博士說：「坐下，吃完點心，把這疊筆記收入電腦。」工作可忘記一切。

少女略為振作，坐到位置上，開始工作。

金豆給她一杯咖啡，坐在一旁閱讀。

「……你們待我真好。」

金豆嗯一聲。

「幸虧有好同事，否則，不知去何處，家中大人搓麻將，弟妹玩遊戲機，吵到耳聾。」

金豆又唔一聲。

「兩年整，男友還不考慮結婚，這一代年輕男子，追求管追求，不打算成家，也沒有能力成家。」

豆子這時抬頭，「與他在一起還開心否。」

「開頭是，此刻怨言漸多，雞肋似過日子。」

豆子答：「那就不必再拖，分手好了。」

「家母也這麼說。」

「令堂會給你感情意見？你真幸運。」

「金小姐，你才幸福，博士對你那麼好。」

兩女生到九時許離開辦公室。

豆子說：「回家去吧，將來，有一日，你會想念他們嘈吵。」

「才不，一輩子也不。」

「明天見。」

張言追出，「走也不與我說一聲。」

「我以為你做通宵。」

「稍有眉目了。」

「想做什麼，市面上各式黏土林立。」

「過幾日告訴你。」

張言有點憔悴，領口鬆開，袖子捲起。

「回去好好休息。」

不知怎地，他沒說要陪她，她也不提一起，送到家門就各自回家。

打開門，迅速關上，金豆吃過虧，一直警惕。她手袋有一小罐胡椒噴霧，一管哨子，以及一把防身四吋尖刀。可覺得安全？並不，追蹤她的不是陌生人，而是她生父，不論誰贏誰輸，都是悲劇。

豆子花個多小時修復肉身：洗頭、敷強力護髮素、用香檳加黃糖按摩皮膚、敷面膜、手腳搽橄欖油後戴手套穿襪子，做得筋疲力盡，覺得已盡人事，終於入睡。

第二早，跑到坊間理髮店，同師傅說：「打齊，剪去三吋。」

自覺清爽，回去上班。

原先以為祖母會活到一百零八歲……

實驗室充滿嘻哈聲，推門進去，教授說：「豆子來得正好，看。」

他把手中一團東西向牆上摔去，啪一聲，它貼在牆上，不再落下。

豆子還沒來得及反應，教授又一揮手，把一本書丟往同一位置，呀，半吋厚書本往膠上結結棍棍貼住，並沒落下。

啊，神奇，如此強力，但是，誰會把書本簿子往牆上貼呢，又扯下，會爛掉否。

豆子走近撕下，居然不爛，她看着這塊莫名其妙的膠塊，笑出聲。

「豆子，再看。」

教授把膠搓成長條，摔出，黏住手電，一拉，一兜，手電回到他手中。

豆子忍不住哈哈大笑，鼓掌，「天呵，還有比這更無聊的玩意兒嗎。」

博士趨近，「試想想它對輪椅人士的用途。」

豆子用手掩嘴，「啊。」

他又表演開冰箱，一下拉開冰櫃門，把裏邊三文治黏出，落在手中，像武俠小說中某種暗器，接着，他又表演取鞋子、報紙。

豆子說：「知會愛克斯公司。」

話還沒説完，人家已經上門。

代表沉默看着教授與博士示範，因為有趣，他倆一下子學會，玩得不亦樂乎。

「可負重多少。」

「六安士一罐啤酒最安全。」

「可否加重？」

「需繼續研究。」

「你們這間小小研究所永遠叫我們詫異驚喜，你們連正式名字也無。」

博士答：「叫豆子吧。」

豆子汗顏，「不，不，叫微細實驗室。」

「µ。」

愛克斯人員又做各式各樣試驗，開心得哈哈笑。

能笑就好。

「怎麼想得到。」

像鐵斯拉一樣，他從未想過電力與磁力有互補的作用，一次上課，無意把磁石放近電力邊，才有意外發現。

豆子漸漸心寬，看到教授白襯衫發黃，查明尺碼，連忙上街買了十件純棉紗襯衫，變黃可以煮白或漂白。

又在網頁上查寵物領養站照片，有一兩隻雜種小狗，十分趣致，但帶回家之後，要照顧牠吃、喝、散步、剪毛、刷牙、杜蝨，勞心勞力，況且，都說，牠們辭世時，主人像被割了一塊肉般痛苦。

豆子喜歡那種迎風而立，毛髮飄逸的中型狗，最好是金毛尋回犬，有尊嚴，具保護主人能力，不是那種成日抱懷中玩具狗。

比什麼時候都想念芝麻，牠一次游出船屋到橡皮艇歡迎她。

她悄悄到動物庇護處，在門外觀望，沒有進內，怕走進就不能空手出來。

做那麼多，就是因為寂寞。

張姐帶着孩子來訪，見地方寬敞，讓兒子跳繩，樓下鄰居敲門，「什麼聲音咚咚咚不停」，張姐說：「我們下次騎自行車，沒聲響。」

又搭訕問：「滿一年可以辦喜事了吧。」

豆子不出聲。

「長輩也希望看到你成家，有張言照顧你，你若怕煩，跟我看齊：簡單註冊，殷律師與我任證婚，不用穿袍褂辦喜酒，據我所知，張言一早把訂婚指環掛脖子，隨時取出應用。」

豆子感動。

轟一聲響，不知打翻什麼，原來幼兒推倒豆子的自行車，替她解了圍。

張姐尷尬說：「我們走了。」

在門口，她緊緊握住豆子手一回。

豆子鼻子都紅了，這樣好的人家，多少女子夢寐以求。

她到便利店添零食，有兩個年輕女子站微波爐前熱麵。

一個壓低聲音說：「他人不算特別漂亮，但夠男性氣概，不比時下那些頭髮遮額頭、腰身比我還細的文弱子。」

豆子站遠一點，微笑。

「他胸前有一搭汗毛，四方形，厚得像塊小地毯，我就那樣被吸引住。」

另一個羨慕：「啊。」

她們的麵好了，一邊走一邊吃着離去。

這兩個少女，比金豆小三五歲左右，又是另外一代，求偶要求也不一樣，一向以來，女方不是要求學識人品嗎，今日，又一宗新發現。

田赫身上也多汗毛，他懶得天天清理，在泳褲上添多一件背心以示禮貌。

如今看來，真有道理。

這下子想起田赫，不再揪心，但是仍然無比惆悵。

「小姐，借一借路。」

她呆在店內，阻別人做生意。

連忙走到街上，看到所有霓虹燈都已亮起，下了場急雨，街上積水反射燈光，更加絢爛，豆子嘆口氣，往前走。

有人叫住她。

她抬頭，看到一個女子，不用相認，也知是誰，那女子擁有與金豆一模一樣的五官，只是看上去疲倦、鬆弛、落魄。

豆子怔住，近距離看着她。

這叫做陰魂不散。

豆子怔一會，想側身走過。

「我在附近等你一段日子了，有人說你住在這一區，老房子已租出，我同租客說我們是母女，他們怪同情我——」

金豆摸一摸手袋裏三件物品：刀子、哨子、與噴霧。

她吁一口氣，「什麼事。」

「坐下，說幾句話好嗎。」

「我約了人。」

「豆子，親母女，我沒有企圖，也無目的。」

這種謊話，説來作甚。

「好不容易找到你的電話地址——」

豆子還是不出聲。

「老的已經不在，我倆容易説話。」

豆子終於回答：「無論你要什麼，我都無能為力。」

「豆子，你起碼有一幢房子，押出，一個一半，十分公道，到底是親生父母呀。」

豆子想找張言搭救，轉念一想，自家的事終歸得自家解決。

無奈她總是擋着她路。

「豆子，你如此絕情，不怕報應。」

「這已經是我報應。」

「你祖母無情，你也六親不認。」

「死者為大，請勿妄作批評。」

「你以為她的財產來自何處，她有老情人——」

豆子不想再聽，轉頭疾走。

那人追了半條街，終於追不上。

豆子叫車到張言家。

一頭一身是汗，說不出話。

張言驚問：「發生什麼事，遇到什麼人。」

「是祖母沒處理妥當的事與躲不開的人。」

張言聽明白了，只丟下一句，「還不罷休。」

「財寶在何處，心也在何處。」

「你可向警方申請禁制令。」

「願意聽壞話的親友都被他倆找到，人家當聽戲文一般，紛紛『呀，噫，啊』，不過，聽完得付茶錢，一次之後，也不願再聽。」

「束手無策嗎？」

「殷律師說，祖母的心血，是用來過日子，不是吃喝嫖賭。」

「找殷律師商量。」

殷律師拄着手杖，沉思半晌。

看樣子也是沒法子。

「太累了，做人老是要轉頭往肩膀後看。」

「殷律師，你再想一想。」

殷律師不語。

張言苦笑，「如此誠心誠意，倒是少見，已經心無旁騖當一件事來辦。」

「惡性纏擾。」

「豆子精神壓力很大。」

「血滴子，呼一聲飛近，劫人首級。」

豆子瞪張言一眼。

張言嘴角帶一絲笑。

金豆不出聲，她發覺張言對她家事益發不耐煩，此刻，出言諷刺。

張言接一通電話，「教授讓我回實驗室有事商量，恕我早退。」

豆子坐着動也不動。

殷律師何等精明，她輕輕説：「也不好怪張言，幸運者往往不明這股歪風：母子爭產、兄弟鬩牆、大房二房官司……何止金氏一家。」

豆子雙手托頭。

「這種事叫人生厭，也叫我這種少年半工讀自立的人不明白，當時我什麼都做，廚房、侍應、保母、遛狗，吃粥吃飯全靠勞動，找誰求救，親友見到窮女，遠遠躲着，還難免説些難堪的話，像『我同你有什麼關係』之類，叫我立刻知難而退，發奮圖強，怎好沒臉沒皮死纏爛打。」

金豆知道這是殷律師開解她，欠一欠身。

「沒有恩人也有益處，不欠債，沒包袱。」

「張言可與殷律師說過什麼。」

「局外人總覺得有一方面放棄權益，一了百了，是最好決策。」

豆子不出聲。

「祖母已給你生存本領，教授說你是發明奇才，無論什麼，信手拈來，點鐵成金，他與博士只需隨尾加工，交予愛克斯設計包裝推廣。」

「哪有他們說得那麼好。」

「張言只想與你結婚。」

「他漸漸看不起我的家人。」

「能怪他嗎。」

「也慢慢瞧不起我。」

「你太多心，他不過覺得煩。」

「照你說，殷律師，應該交出所有。」

「你回去想想。」

「這不是祖母遺願。」

「此刻，金小姐，你作主。」

金豆靜靜不寐想了好幾個晚上，得到結論。

她沒有徵詢張言意見，只知會殷律師，請她代約見金氏夫婦。

那一日，夫婦比她早到，一見女兒，臉上堆滿笑。

——「我就知道囡囡會得回心轉意」、「女兒親生，當然知道父母艱苦」、「女兒，可是一人一半」、「以後不會煩你」、「這女兒懂事，有出息」……

殷律師說：「大家請坐好。」

用眼色讓金豆坐遠些。

看得出兩夫妻的落魄拮据，金太太戴着需要梳理的假髮，金先生衣褲不合身，兩人興奮也遮不住憔悴。

金太太想走近握金豆的手，被殷律師阻止，「聽好金豆的安排。」

兩人連忙應是。

「安寧道三號甲座房子，已經本律師事務所安排出售，所得款項，由屋主金豆拆為兩份——」

金氏夫婦伸長脖子了。

「一半捐贈奧比斯飛行眼科醫院，另一半捐贈微笑行動慈善機構。」

兩夫婦聽到，呆住，不相信雙耳，氣得發抖。

「金先生金太太，這次請你們到本事務所，是想你們知道，金小姐不再擁有莫女士遺產，任何人士都可以省下追討精神與時間。」

兩夫妻雙眼瞪住女兒，怨氣結聚，如若噴火，接着，誰也猜不到金先生會有如此舉止。

迅雷不及掩耳，他撲到殷律師書桌前，搶過一柄裁紙刀，轉向女兒，大吼一聲，舉起持刀之手，插向金豆胸口。

殷律師連忙按動警鐘，說時遲那時快，只見金豆按住胸口，鮮血自指縫流出。

保安人員雷霆踢開門搶入，將兇手拖到地上按住手腳，他猶自瘋狂嚎叫。

殷律師連忙扶起金豆，見過無數大場面的她也不禁驚駭。

金豆一直維持清醒，在急症室，她輕輕回答醫生所有問題。

「痛否」，「你說呢」，「需給你動緊急手術」，「刀尖只離心臟大動脈半公分，不幸中大幸」，「醫生們不常見如此恐怖情況吧」，「嘿，天天見」。

張言趕到，垂頭無言，心痛落淚。

「那兩夫妻已被警方拘留。」

張言百思不得其解，「不就是為幾個錢嗎。」

殷律師拍他肩膀。

「豆子可有生命危險。」

「還不知道。」

張言忍不住啾啾地哭。

醫生出來，博士站起聽報告，一時血不上頭，忽然昏倒在地。

看護連忙把他移往急症室。

金豆由藥物引導昏睡，她有訪客，教授與接待員前來看視。

少女忍不住眼淚，教授勸說：「她也許聽得見，別哭。」

金豆躺床上，四肢不能動彈，「我聽見，我全聽見。」

「金小姐還會醒轉否。」

教授答：「當然會。」

金豆想說：「你語氣也不太肯定。」

少女問：「父親怎麼能殺女兒。」

「噓，別多言，你去握住豆子的手。」

豆子想問：「張博士呢，呵，他終於厭倦。」

接待員也問：「張博士呢。」

「他傷心過度支持不住昏厥，抬到樓下急症室。」

少女哭得更厲害，「太動人了。」

教授覺得不是辦法，「我與你先離去。」

「我去買花及甜品，她醒來可以吃一點。」

護士走進，「什麼都不要，你們讓她休息。」

「醒轉機會是多少。」

「醫生相當樂觀。」

金豆聽在耳中，也有點高興。

可怕呵，尖刃刺破皮膚與肌肉的聲音，原來是噗一下，聲響比切西瓜結實一點。

他們走不久，殷律師到。

金豆想竭力睜開雙眼，不果。

殷律師好似在插花，隨後，靜靜坐床沿吃水果，金豆聞到桃子特有清甜香氣。

「豆子，」她輕聲說：「你吉人天相。」

她把手杖放一角。

「那兩人已被逮捕，你不一定願意起訴，但是，律政署哪管受害人不治身亡，也會代之主持公道，他已認罪，料判刑六年，妻子釋放，已離境往別市，這番，你耳根可以清靜。」

金豆靜靜聽着。

「最詭異的是，那人一直喃喃自語，只說一個字：毒、毒，多奇怪，他自身毒得快毒死自己，還咒人家毒。」

金豆作不得聲。

「醫生說你身子再恢復一度就可解除麻醉，我看過你掃描，那把裁紙刀，插正心臟，心肌還在跳動，叫人震撼。」

病房沉靜下來。

「我明日再來。」

看護進來看視，低聲說：「可憐。」又匆匆離去。

金豆昏昏入睡。

有人踱步，誰。

啊是張言，他來了。

室內另外有人，她咳嗽一聲，是張姐。

兩人坐下，姐叫弟喝茶，「嘴唇都爆裂了。」

金豆小心聆聽。

張姐：「這下子，我倒慶幸你倆尚未註冊結婚，不然，你說怎麼辦。」口氣完全變樣。

張言，說話呀。

張姐：「這家人，太暴戾了，這種事都做得出，互聯網上一五一十詳細報道，這些日子你竟不透露半絲風聲。」

張言：「我以為你喜歡豆子。」

「我只看到片面。」

「那不是她的錯，她是受害人。」

「家族個性會得遺傳，我遠在加國公婆查詢是否事實。」

「你怕，說不認得不就行了，八杆子搭不上的關係，他們又是些什麼社會賢達貴人，我沒打算與他們結交，叫他們放心。」

「阿言，將來如何同你子女交代，外公外婆在何處，啊，慢慢說與你們聽。」

「姐，豆子醒不醒得轉，是未知數，你且慢涼薄。」

「我只說出事實，忠言逆耳。」

張言長長嘆息。

金豆想說：「張姐，你奸詐。」

但是，她能怪她嗎。

——你父母在哪裏？父判刑坐牢，母已逃逸。

何罪？他殺我，即是女兒。何故？爭產。你欠他的錢？不，爭祖母遺產。

誰聽了不怕，人人為己。

金豆心漸漸平復。

張姐追問：「你還打算同她結婚？」

張言站起，離開病房。

隔一會，張姐也站起，「對不起，豆子，我有我的責任，長姐為母。」

她也走了。

病房回復清靜，豆子內心反而平靜，終於攤牌。

豆子閉目空想，童年生活跳過不願多想，與田赫相處最最開心但不忍心回憶，那麼，想什麼呢。

護士進來說：「金小姐，替你解除麻醉藥，待你自然醒轉，你可知你從此左心室肌上有一道疤痕，縫了三針，哈，名副其實是一顆傷心。」

看護也打趣她，氣結。

「金小姐，全組醫務人員希望你康復，你是善心人，為着捐款而遭親人刺殺，令人扼腕，不，是髮指，唉，我真得好好補習中文。」

豆子在心裏苦笑。

接着，好幾個醫護人員進出檢查，「下午應該可醒轉。」

豆子問：「如不，如何。」

「腦子完全正常，心跳、脈搏、血液循環，全部安好，讓她多睡一會。」

「我也想睡這一覺。」

「不要在病房說這種話。」

「是，是，對不起。」

教授隨後到。

「豆子，躺足一個星期，快快醒轉。」

他坐在豆子身邊好一會。

「看護說你反而胖了兩磅，餵的營養液有功。」

金豆還是作不了聲。

「此刻是下午五時，我限你午夜前醒轉。」

來回踱步，「實驗室有消息，第一：正式命名微細實驗所，第二，我們設計的泳池船屋，有意想不到發展。」

什麼。

「船屋浮在泳池上不十分方便，可是買主發現它們是最佳狗屋，銷路奇佳，說是方便清洗，以及摺疊。」

啊，這樣，無心插柳。

「金豆，讓我先練習一下如何講，正式開口時容易些，這真是噩耗。」

天，莫非她不會再醒轉了，抑或，會得殘廢。

「這種差事最要命，但一個人，一生總有機會做一兩次，再英勇的警員也說：他們不怕槍林彈雨，最怕向親屬透露不幸消息。」

豆子已猜到一二。

「豆子，張言博士打算與你分手。」

豆子已有準備，但忽然噎氣，像那次在湖中沉下水底，一口口咽水，不能呼吸。

教授大驚，忙叫看護。

救護人員忙給氧氣，扶病人半坐，金豆吐出許多濃痰，呼吸漸漸暢順。

她用盡全身力氣，眼皮只顫動一下。

「醒了醒了。」

「金小姐，如果你聽見，動一動手指。」

金豆努力郁動手指。

「好極了，金小姐，可以說話否。」

「呃，呃。」一聲音像騾子。

教授喜極而泣，「豆子，豆子。」

他用電話聯絡張言。

看護幫金豆清理咽喉，她疲弱看着教授，啞啞作聲，勉強聽到是「恍如隔世」四字。

張言趕到，看到病床上豆子，嚇一大跳，她一臉浮腫，都認不得了，那清澄雙目被下沉眼皮掩住，哪裏還有先前清秀模樣。

眾人見張言來到，都離開病房，讓他倆說話。

「水——」

張言連忙餵水。

他一定有許多話要說吧，開口難。

豆子靠枕頭，半坐，看着他。

這方臉的正直青年，第一次見他，在實驗室，當時生她氣，嫌她魯莽，呵，恍如隔世。

張言說：「豆子，我有話講。」

豆子免除他的債，「我都知道了。」

張言一怔。

「教授已經告訴我。」

「豆子。」他內疚。

「我沒有怨懟，你對我很好，將來的回憶，沒有瑕疵。」

說得如此明白，可見金豆完全清醒，此際提出與她分手，簡直趁火打劫，但是，張言也想得清楚，她遲遲未承諾結婚，即等於愛他不夠。

這時金豆又大聲嗆住，這次痰含血絲。

醫生對張言說：「什麼話慢慢說，你先回去。」

兩人都神色淒慘，他約莫猜到男子說了什麼，此男並非君子，趁女友病，取她命。

張言跌跌撞撞離去。

金豆鬆口氣。

「傷口可痛。」

「你說呢。」

年輕的男醫生微笑，他喜歡這種有生存意識的病人。

「你需要長期療傷，不可掉以輕心。」

「明白。」

金豆深深吸口氣。

又再隔一個星期，她才出院。

殷律師一直陪她。

金豆有點擔心，「這些時段，你不是照樣按時收費吧。」

「免費。」

皇恩浩蕩。

「方醫生說你起碼休息一年，罷工，不可旅遊，不操任何心。」

這正是金豆本性，為着報祖母恩典，她才起勁苦幹多年。

「你打算如何打發時間。」

「從新習泳，在醫院做志工。」

「你辭了職？」

「我好似一直是見習學徒，隨時可以離開。」

腳步比較穩健之後，她隨方醫生參觀醫院實驗室。

「這一項實驗，叫做『如何造一顆跳躍的心』。」

他領她進實驗室，讓她看大瓶子裏裝着的一顆人類心臟，它單獨浮在藥水中，不與任何血管相連，在電力刺激下，緩緩跳動。

「我的天。」

「有點恐怖可是。」

「幾時藥水瓶裏人頭會眨眼示意。」

「快了。」

稍後與教授喝茶，他說：「敝實驗室的靈魂已去。」

發覺教授襯衫紐扣掉得七七八八，領帶上有油漬，西裝褲起鏡面。

「張博士好嗎。」

教授惻然，能夠這樣自然不經意問起他，可見是一絲希望也沒有了。

「蓬頭垢面，有時睡在實驗室，身上隱約有股氣味，同我差不多邋遢。」

「年輕接待員呢？」

「回學校補課去了，她說沒有文憑，找不到好工作，嫁不到好丈夫。」

「她會失望。」

「你精神如何。」

「良好。」

「聽說方醫生對你好感。」

「醫生關心病人是責任。」

「假使我年輕四十年，我會追求你。」

「如此讚美使我覺得愉快。」

「豆子，諸多打擊，都似未見你哭。」

「自幼在祖母家長大，老人最討厭有人哭泣。」

「晚上也不會單獨流淚？」

「從不。」

「難為你了。」

「寄人籬下，要知道規矩。」

教授說不出話。

正好鄰座六七歲小女孩不知為什麼使性子，大力摔茶具哭嚷，金豆微微笑，「幸福兒童。」

金豆做些簡單運動，像緩緩上下樓梯，看到身邊同齡年輕人上下如飛，不勝羨慕。

她此刻胸膛中央有三吋長疤痕，像紋身。

看到路人像快鏡頭似在她身邊電光般鑽動，算是奇異經驗，他們忽忽忙忙小跑步，幾乎要推開稍慢途人，汽車號角叭叭響，分秒必爭，都往何處，到底趕到什麼地方去，追求什麼人、什麼事。

啊，急急趕的，莫非是死亡號列車。

方醫生說：「吃好些不指鮑參翅肚，每天兩杯牛奶一隻雞蛋，記得吃蔬果，蒸鮭魚肉與沙甸魚也好。」

「餃子呢，我喜薺菜餃子。」

方醫生微笑。

如此懶散過了半年，方醫生說：「可以做短途旅行了，像到日本或韓國。」

「乘長途飛機最好再過半年，溫埠人擠並非旅遊勝地。」

「溫哥華呢。」

「醫生說的是。」

金豆向友人打探奧湖近況。

「啊，包保你嚇一跳，初夏已滿滿是人，放暑假了，全是十多歲少男少女，從早到晚，吵個不停，深宵還在船上喝啤酒，意外也多，他們只穿一點點衣服，曬得似老蝦，青蛙似，一整個夏日聒噪，討厭之極，但帶旺沿湖生意，冰淇淋熱狗等可賣到三元五毛一件，湖水船屋已全部撤到北端較靜之處，躲進樹林，只見屋頂。」

報道十分詳盡逼真。

「奧湖同威士拉一樣，已成遊客地盤，原住民如我等只得說：如此興旺，真正高興。」

「請代我打探一個人——」

「過去的讓它過去，已浪擲那麼多時間，糟蹋那許多眼淚，理應忘記。」

友人都長了智慧。

養病期間，金豆過着靜修般日子，一個人住，等閒三五日不說話不上街，並非故意，實無必要，即使在街上購物，一個手勢一個微笑已經足夠溝通。

還有，看電視早些時候已把聲線調校至低，稍後，發覺滅聲更好，看字幕，耳根清靜，最近，連字幕也關掉，光看影像，電視劇如需靠對白，該死。

這是她第一次養成自家習慣生活，從前，一直跟隨祖母規矩，設法適應，祖母一直把「我的屋子，我是主人」發揮得淋漓盡致。

定期回醫院檢查，看到接待員擤出一條黏性繩索搭住文件夾拉到身邊，她不禁微笑，小發明也有地位，毋須每次都研發人工心臟。

方醫生說：「你可以去溫埠了，除出高原地帶與原始叢林，什麼地方都去得。」，

「心臟可跳動至何時。」

「也許，一百零八歲。」

「哈哈哈。」

金豆計劃旅途。

教授找她，「張博士說，可以一起吃飯否。」

「我最近吃得很少。」

「問非所答。」

「不必了，無話可說。」

「你可以靜靜吃飯。」

「那就省得化妝更衣了。」

「說半天，仍然不想出門，那麼，我單獨赴約呢。」

「什麼時候，哪個地點。」

「小麵店。」

見到教授，握緊他雙手。

教授給她看一隻手套，穿上，捧住麵碗不怕落下，靠手套掌心及手指黏力，幫助關節衰退人士拿重物。

「愛克斯公司開心得笑大嘴，他們設計一支細竿，頭附黏膠，可以掇拾掉落夾縫中小物件，半年銷出千萬枚。」

「噫，可以用來捕蟬。」

「或是溪邊捕魚。」

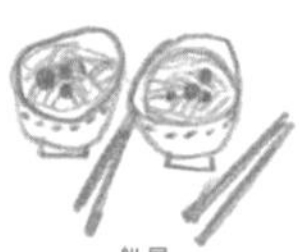

兩人又笑。

店東忍不住問：「什麼事那麼高興，咦，你的男友呢。」

金豆不想瞞他，「分開了。」

店東後悔得什麼似的，又是他多嘴，凡問都沒有好結果，先頭那個不在人世，這一個又分開，他連忙嘴巴閉緊緊走遠。

教授與豆子卻談得高興。

教授：「為什麼不讓張言加入。」

「他也許已有女友，免得尷尬。」

教授說：「可能，像一齣舞台劇，他那角色的作用，已經發揮殆盡，劇情已不需要他，只得淡出。」

豆子乾笑。

「下一幕，輪到何人上場？」

豆子：「還不知道。」

他們都沒有留意到，遠處有人暗暗看他倆。

那是張言，站對街，悄悄的，看着金豆沒事人一樣與老教授説笑聊天，逗他開心。

這女子叫他心酸，傷了心，留下疤痕，照樣整齊生活，不過不失，不是逞強，而是只能如此：一個人要自愛地仰看藍天白雲。

她是強者。

張言落寞地看一會，躑躅離去，到此時仍未察覺他才是損失者，也太過愚魯。

散席了，他不要她的包袱，連帶那叫他快樂的笑容也失去。

東主仍未敢出來，金豆放下鈔票，店主在裏頭説：「謝謝，下次再來。」

教授站起，忽覺力不從心，又坐下，金豆連忙扶他一把，不順路也送他回家。

回家途中金豆想，不如教學，老教授都得到學生尊敬，以及學府照顧，如獲得終身教席，那就連葬殮都不用發愁。

她是越來越豁達了，才廿多歲，未必是好事，不過，未雨綢繆，以免老來笑話。

她在互聯網訂房間。

「金小姐，最早要到八月下旬才有空房，彼時學生與家長已經回家，秋風氣爽，樹葉紅棕未落，煞是美景，幫你預訂如何。」

這樣會推銷。

「我們廚子會做美味中式小菜像咕嚕肉、擔擔麵、素火鍋。」

「好，請代訂單人房間。」

「一言為定，可否先付一日訂洋。」

金豆發覺租金上漲30%。

她怕流落湖邊，租兩個星期。

金豆略有躊躇，物是人非，必然有所失落，她設法聯絡小藍花，幾經轉折，才找到她。

藍花雀躍，「我以為你忘記我。」

「說一說近況。」

「夏季市面興旺，東主只得增加薪酬聘請員工，我身兼二職，等等，他們叫我，有時間我會覆你，期望再見。」

變大人了，時間用來找生活。

豆子想問「老伯好嗎」，電話已經掛斷。

金豆努力習泳，不，不是在原有泳池，其實，公眾泳池也已重新擴建維修，添增一道三樓高旋轉滑梯，直溜池中，小孩開心之極，成年人就嫌吵鬧。

她改往大學泳池練氣，偌大奧林匹克尺寸大池，竟只得她一個享用，豆子記得她做學生時，也只有時間游過一次，其餘時間，迷頭迷腦背書。

過幾日，有一位老太太前來試水，坐在池邊，豆子伸手招她。

原來她只會浮水，不曉前進，豆子幫她雙臂划水，又自儲物櫃中取出工具，教她水中運動。

她自我介紹：「天文物理系」，豆子以為她是教授，不，她是學生。

不知怎地，消息傳開，年長女學生漸多，四五人，儼然成為一小組，在豆子領導下做十五分鐘水中體操，然後習泳。

這一切，也落在張言眼中，教授知會他這件事，他悄悄來瞧。

太陽金光下的豆子肌膚閃閃生光，怎麼看都不像傷者。

她教老人家打水球，甲傳乙，乙傳丙，吹響哨子，玩得高興。

張言羨慕，他也想加入運動，消磨時間，但不敢貿貿然跳進池。

垂頭喪氣回實驗室，教授看着他不出聲。

活該，他想說。

張言把頭伏在桌上不出聲。

教授輕輕說：「豆子下月到奧湖度假。」

張言聞言抬頭，又隨即重新伏下。

「你不是為她買了一間船屋嗎。」

張言嗚咽。

「發生什麼事。」

「我見婚事不成，已蝕賣出去。」

「你也太會投機取巧了。」

「當時我受到極大衝突刺激——」

「做了也不必後悔，畢竟其父在牢獄不是容易應付的事，毋須內疚，你曾陪她度過最苦難關，她不會怪你。」

「但願如此，但別的年輕女子比起她，無異蒼白許多。」

「她的經歷叫她色彩豐富。」

「她比從前更加振作。」

「心臟中央插刀後活轉，能不振作嗎。」

「可憐的豆子。」

「快來看第三十七次實驗結果。」

兩人又忙起來。

這時，愛克斯公司已派助手給他倆，協助進展。

教授説：「給豆子送支票過去，順便見她。」

豆子卻在電話中説：「放進信箱即可，勞駕你了。」

「想見一見你，我就在樓下。」

她想一想，「也好。」

豆子穿卡其褲及白T恤，像張言頭一次見到她模樣，叫他感慨至鼻紅。

「實驗室少了你，陽光都沒了。」

「哪有這種事。」

「豆子，對不起。」

「哪有這種事。」

「豆子，聽説你要往奧湖旅遊，可需要人陪。」

「哪有這種事。」

無論說何事，都只得該五字答案，她根本不想費心思用別的句子。

豆子把支票收好：「勞駕你。」

張言想開口邀她喝茶。

「我還有別的事，再見。」

她別轉身子便走。

張言只得離去。

在樓梯旁豆子默默轉頭看他背影，有點陌生，似路上其餘千百個年輕男子，也不太年輕了，頭上夾雜着白髮。

翌日，豆子告訴諸女士學生，將有遠行，鼓勵她們努力自強，又幫一位學生僵住的肩膀與手臂緩緩在水中打圈。

忽然有一健美年輕女子走近，「金同學，我想接替你做導師，可以嗎。」

「你是哪一科？」

「土木工程系。」她出示證件，原來已是副教授。
「歡迎之至。」
她歡呼一聲，躍入水中。
同學們高興得不得了。
晚上，金豆做夢，水花四濺中，田赫以世上最漂亮蝶泳姿勢展臂向她游近。
她站池邊向他用力揮手。
他抵達池邊，摘下泳帽水鏡，朝金豆笑。
金豆發覺健碩泳將不是田赫。
她怔住，四圍張望。
池裏沒有別人。
田赫！她大聲叫。
有聲音回答：「金小姐，早，今日你要乘飛機，請起床準備」，那是電腦鐘提醒她。

金豆沐浴洗頭喝咖啡，提着簡單行李出門。

不知怎地，大清早，飛機場已人頭湧湧，拖大帶小，櫃枱排長龍，都似湧往溫埠。

眾人一邊排隊一邊聊天，沒有人不耐煩。

一邊向豆子搭訕，「這位小姐，你也是往溫埠入學的吧，可是ＵＢＣ」，「讀哪一科，學業艱難否」，「宿舍風氣如何」，「你是學姐，請贈言」。

豆子不知如何開口。

「你怎麼沒有父母陪伴，他們放心？」，「有人接你嗎，不如一起」，他們喜豆子打扮樸素。

這批家長，巴不得一起上課，跟足全程。

教授電話到，「豆子，順風，玩得高興點，張博士囑你安全為上。」

剛巧坐在那幾位母親身邊。

「對新留學女生有什麼忠告嗎。」

豆子開金口：「不急交男友。」

「是是是，囡囡，聽見沒有，師姐說得好。」

「勤力讀書，莫辜負父母心。」

「啊說到我心坎裏。」

她們的女兒都掩嘴笑。

「還有，注意個人健康衛生，衣着不要暴露。」

問答完畢，金豆閉目養神。

聽見少女問：「什麼謂之暴露。」

前兩排有洋女，胸前只綁一塊三角巾，下穿超短褲，大腿凍得發紫，還不捨得遮住，那叫做過份暴露，與性感無關。

金豆睡着。

聽到中年太太嘆氣，「年齡這件事，唉，凡在飛機上睡得着的，都叫青春。」

金豆聽到覺得安慰，索性扯起鼻鼾。

飛機停下，豆子徐徐醒轉。

她向可愛家長們說再見。

先訂內陸飛機票，然後在市內休息半日，喝咖啡吃點心。

一個人有一個人好，不必考慮任何人感受，天氣有點涼，她取出薄外套罩上，加一頂漁夫帽，如此打扮，混在當地人群，如魚得水。

在小型飛機場看到一家四口遊客欠一張票與櫃位爭吵不休。

服務員這樣說：「把你綁在飛機頂可好。」

眼見要動武，金豆連忙上前，「不用，我可把位子讓出。」

服務員氣也平了，「這位小姐，感激不盡。」

豆子坐在一角靜靜等候下一班飛機。

但隨即有人輕輕說：「金小姐，請隨我來。」

一看，是英俊飛機師。

「你可坐同一班飛機駕駛艙，放心，不會超載，我估計你只得一百磅。」

金豆笑。

她就那樣，乘頭位到奧市。

人擠，心煩，毛躁，聲大，就忘記禮讓。

一進旅館大堂，便看到華文大字標貼：「人間天堂，盡情遊樂：駕艇、滑水、浪板、釣魚、挖蜆、捉蠔，即席蒸食，逛葡萄園，學釀酒……數之不盡，大膽人士還可以學駕飛機！」

立刻有華裔服務員迎出：「金小姐可是，歡迎歡迎」，見沒大反應，即改用粵語，再説滬語，務必叫客人感動。

房間放着告示牌：「水上運動，注意安全，飲酒切莫駕船。」

淋浴後本想上街置泳衣等物，忽然覺累，伏床上睡着。

傍晚，一群年輕人在鄰室露台燒烤，把她叫醒。

服務員進房問她翌日需要預訂何種節目。

金豆向她打探從前的湖畔旅館。

「都拆除改建多層公寓。」

「從前的職員呢。」

「到別處去了吧，我也不過做這個暑假，就要回去上課。」

金豆怔一下，「我想租一架機動橡皮艇明早用。」

「行，替你掛賬。」

她走到露台觀景，啊，小碼頭已改建為沿湖長廊，遊人如鯽。

鄰室年輕人用手招她參加燒烤，她一聞到油膩味便搖頭。

散步到附近店家選購泳衣及救生衣。

新增許多茶座及啤酒館，豆子進店選一客最簡單的三文治、一枝礦泉水。

店員笑說：「你毋須節食啦。」

仍然和藹。

她走到長櫈坐下獨享晚霞，金光在消失前燒紅半邊天，煞是奇觀。

放眼看去，湖上並無船屋。

這叫她大吃一驚，這下子非得找小藍花幫忙。

電話轉接到一間咖啡店，「藍花這幾天放假，她是連接做足十五天，可以留言嗎。」

金豆留下旅館及房間號碼。

她不心服，走近湖畔再看仔細，仍然失望。

回到旅舍，找服務員追問：「那些船屋呢。」

「啊，金小姐，你重遊故地好似回來尋找一些東西，船屋都拖遷到北邊，駕橡皮艇需要十五分鐘，你得小心，必須穿上救生衣。」

第二早起來，服務員招呼，替她準備許多安全措施，甚至有兩枚照明彈，以及對講機。

金豆連忙道謝。

「其實你可以僱用導遊。」

金豆道謝婉拒。

她做好準備駛走橡皮艇。

一路上避開其他船隻才是考驗。

駛離人群，才覺舒適。

人是群居動物，但，為什麼遠離人群是如此愉快。

橡皮艇緩緩駛近岸，開始看到隱匿其中的船屋，不多，只餘十來座，好幾間從新髹漆，顏色鮮艷。

尋找老伯之家不容易。

一間間巡視，又再回頭重找一遍，一顆心漸沉。

不見了。

駛遠些，再看，這湖的船屋不比別處，仍維持純樸面貌，時髦船屋有些蓋得像堡壘，有些似教堂，怪不勝收。

她頹然垂頭。

船屋

忽然，眼角一閃，是什麼。

是一間屋頂，漆成啞金色，在陽光樹葉間閃爍，不由得叫人細看。

它躲在一個淺灣內，難見全貌，她想一想，脫去衣服，把艇繩綁腰上，沒入水中，往船屋遊去。

越近越奇，只見整座木屋經過改建，總共兩層，四壁都髹乳白，十分美觀，二樓有一小小茱麗葉式一人站露台。

她攀上浮台，把繩索結好。

「有人嗎？」

沒有反響。

「主人在嗎？」

她推開屋門，裏邊設計異常精緻，設施應有盡有，二樓是臥室，大量書報雜誌堆梯間。

有一本小冊子叫《讀完七十個愛情故事的你有何長進》。

金豆吱一聲笑。

她到廚房做杯咖啡，喝了起來。

主人明顯不在家，噫，桌上一盞燈似曾相識，不可能，這是間新屋。

她聽到甲板有聲響，連忙走出，一個精壯年輕人正把物資抬上甲板。

「喝杯咖啡嗎。」

「大杯子，三顆糖，多奶。」

豆子立刻做到。

好人有好報，年輕人說：「你是遊客吧，天黑得快，早些回去。」

他把雜物放好，揮手而去。

這時，旅館來電：「金小姐，提醒你早歸。」

「我就回來。」

「我們對單身旅客特別關注。」

「來了。」

她照老伯家那樣規矩，在桌面留下兩杯咖啡錢。

她駕駛小艇回碼頭。

遊廊上有人聚會，點着燈籠，夏日最後的遊客喝着夏日最後的葡萄酒，像撲向燈光興高采烈的蜉蝣。

服務員見她回轉，十分高興，「金小姐，替你準備晚餐。」

「一客雜菜沙律就好。」

「難怪如此苗條。」

另一個工作人員走近說：「金小姐，有人在咖啡室等你。」

一看，啊，是藍花。

藍花歡喜說：「可讓我等到了。」

她左看右看，細細打量，「豆子你美麗如昔。」

兩人坐下聚舊。

「這次只你一人？」

豆子頷首。

「你仍然沒有見到老伯。」

「不見他的屋子。」

「拖到湖北去了，很容易認，明早我與你一起。」

「為什麼我沒找到。」

「金色屋頂，重新維修，我去過。」

嘎，金豆頓足，就是那一間！失諸交臂。

藍花說下去：「那間船屋，老伯在年多之前已經出售，他預備上岸，據說，賣價不錯，誰知過不多久，新的屋主人改變初衷，又將船屋出售，賣價低一大截，且乏人問津，老伯得知，又去買回，這時才全新裝修，他賺了一筆。」

這麼奇怪。

藍花還未說完，「那人一進一出，蝕掉一筆，但中介說他根本不在乎，只用電話聯絡，這個人豆子你也認得。」

豆子張大嘴。

「是那個方面孔先生，本來打算用船屋做結婚禮物，後來婚事告吹，豆子，你不會是那個新娘吧。」

豆子立刻說：「當然不是。」

屋頂鬆金色……她黯然，他一直沒告訴她。

「明日我與你再去船屋。」

「你不必把寶貴休憩時間用在我身上。」

「我反正要啟程往威士那滑雪場打工，準備冬季大忙特忙。」

「藍花你不打算升學。」

「我與家人商量過，準備打工儲錢。」

小藍花舒舒服服浸浴洗頭。是夜與豆子共宿。

臨睡前她說：「不是每個人在遊客區都可以結識到朋友，我是幸運例外，幾時你來威士那觀光，雪國另有情趣。」

藍花是一塊璞玉。

第二早天濛亮她們就出發。

藍花向旅館廚房買大袋肉骨，「你沒見過新芝麻吧，快兩歲，大塊頭，頑皮之極。」

「老伯可能帶牠出去了。」

這次再回船屋，賓至如歸。

藍花立刻煮起肉骨湯，又烤黃麵包，香味惹得鄰船用喇叭大聲問：「可準備請客？」

藍花答：「過來吧。」

有人划艇趨近，遞上暖壺，藍花替他裝滿，那年輕人問：「老伯回來沒有？」

「還未。」

他一支箭般離去。

她們也吃肉湯麵包，金豆躺甲板曬太陽。

「老伯這人，不接受預約？」

「他一向如此。」

豆子喃喃說：「有緣則遇。」

「真正如此。」

「船民像原始人，過着不知下一餐從何而來的日子。」

藍花凝視金豆，「城市人老以為掌握命運，可是，你們又知道下午會發生什麼事？」

金豆怔住。

「基督聖經上說：你們上午不知下午的事，何必憂慮太多。」

金豆忽然想起「人生不滿百，常懷千載憂」一語，頓時噤聲。

「我們的生活還算周全，我們也努力工作賺取生活。」

金豆站立低頭，「得罪了。」

藍花不出聲，進屋內打掃收拾。

金豆抬頭，看到烏雲：要下大雨，大雁排成人字向南飛去。

「天氣欠佳，你且回去吧。」

金豆說：「三顧草廬。」

把那故事告訴藍花，她一邊聽一邊點頭，「我在日本漫畫書上看過這故事。」

東洋人無孔不入。

「我倆在船屋過夜如何。」

「豆子，今非昔比，湖上人雜，船屋無防盜設施，你一個女客不安全，還是回去吧。」

「我不怕。」

藍花笑，「我怕。」

這次見到金小姐，她彷彿比從前還要天真，抑或，是藍花她自己長了智慧。

這時，電光忽然一閃，像有人在天庭用閃光燈拍照，藍花二話不説，拉着金豆入屋，急關上門。

一兩秒時間，雷聲隆隆追至，兩個年輕女子連忙蹲下，用手護耳。

從未聽過如此響的霹靂，震得耳朵嗡嗡響，心卜卜跳。

這種情形要走都走不了。

電話倒是還接得通，旅館尋人，「金小姐，你與導遊二人在何處？天氣轉變，快找安全遮蔽躲好！」

藍花接過電話一一作答：「行，我們會小心。」

金豆做了熱飲，才停下神，閃光與雷聲又接踵而至，豆子爬到床上，用毯子蒙住頭。

藍花笑出聲。

這時，兩人也累了，各人擁着被褥在船屋過夜。

看，上午果然不知下午的事。

清晨醒轉，雨過天青，金豆比藍花早起，打開門，看到朝陽，蒼穹每朵烏雲都鑲着金邊，霞光自雲邊透出，幼時常覺得這種景象，像是電影中耶穌隨時要降世的樣子。

她摟着毯子站着呆看。

忽覺肚餓，回轉屋內做蒸蛋香腸。

這時藍花惺忪問：「起來了？」

金豆聽見潑喇一聲水響，啊，一波方止一波又起。

她有危機意識，連忙撲出甲板，看個究竟，手上還拿着鍋鏟。

她剛好看到一個身段健碩男子自湖水中冒出，寬厚肩膀濺滿亮晶晶水珠，像足一個人。

她走近細看，那人與她對視。

嘩，這樣明亮的炯炯雙眼，濃眉濕水，不知有多長，長方臉，曬成金棕的皮膚，他正爬上甲板。

兩人異口同聲：「你是誰！」

「送什麼貨？快放到那邊去。」

「喂，呼呼喝喝，你是什麼人，說。」

那口氣，似張言第一次見她的口吻，有可憎的親切感。

金豆豎起眉毛，雙手撐腰，隨時要發作。

那人躍上甲板，只穿內褲，纖毫畢現，叫金豆瞪着他，呵，漂亮。

這時，藍花奔出，「老伯！」

金豆轉頭，一時還未醒覺。

藍花扔一塊毛巾給他，他連忙結在下身。

「你來了，這是你朋友？」

「這是我好友金豆，曾向你提過多次，她一直想見你一面，哈，今日成功。」

金豆一聽，雙膝發軟。
一直說要見老伯，老伯真人露相，只得三十多歲。
「進來一起坐，有人做早餐？」
藍花答：「我來。」
金豆目不轉睛看着老伯背肌，近腰處有兩個梨渦似凹位。
他不是老人。
「你好，金小姐，」他套上一件汗衫，「這間船屋與你有莫大關係。」
金豆忽然面紅，她沒經預約多次自闖船屋。
他幫她解圍：「近日客人越來越少，都以為我搬走。」
小藍花做好早餐，原來這老伯一早也吃「伐木者早餐」，一塊豬，一塊牛，還有香腸薯茸一大碟，他需要力氣。
他的濃眉比常人長一半，煞是漂亮，渾身男性氣息像是聞得到，他大口大口吃起來。

「很奇怪他們都叫我老伯吧。」

金豆連忙點頭。

「我姓老，叫柏，他們諧音叫老伯。」

原來如此。

金豆開口問：「你有日間工作嗎？」

「我是證券公司經理。」

是，金豆聽說過他出入銀行，沒想到那是他正職。

「有時間我便回到船屋鬆口氣。」

這時門外汪汪聲，一團東西滾進，啊是一隻狗，面孔漆黑，玻璃彈珠般眼睛，渾身濕漉漉，毛爪已經搭在桌邊，想吃早餐，這必定是新芝麻了。

藍花連忙斟出大盤肉骨，帶牠在甲板飽餐。

原來芝麻游泳速度還不及老伯。

這時他伸手，「豆子，你好。」

「老伯，你好。」

手掌大而有力。

「你知道這間船屋失而復得故事？」

「奇妙。」

「是捨不得的原故吧。」

他的聲音屬男低音，溫暖動聽。

「我仍喜歡船屋從前破舊模樣，不過，樂意將就新裝修。」

金豆微笑，「我也是。」

「希望你勿介意，我去淋浴更衣。」

「是，是。」

藍花進來，「終於見到老伯了。」

「可不是。」

「印象如何。」

「太英俊了一點。」

「老伯英俊？」藍花像是聽到笑話，「你沒戴眼鏡，幼兒們看到他眉毛害怕，還有，他神出鬼沒，哈哈哈，像傳說中猿怪。」

金豆發怔，藍花為什麼不早說他是壯年。

「你為何如此想見阿伯。」

「我猜想他是個智慧老人，有問題可以請教於他，相信他會有忠告。」

「現在可有失望。」

「不，不，真相很好。」

「我們要回去了，我還得往新工作報到。」

「記住我的通訊號碼。」

「豆子，你是好人我知道，但不同背景性格的兩個人，可以做多久朋友？」

「做得一天是一天，聖經說的，我們上午不知下午事。」

藍花笑着揚聲，「老伯，我們告辭。」

他已更衣出來，換上卡其短褲白襯衫精神奕奕，「我送你們。」

「你是專門送金豆吧。」

金豆連忙答：「不客氣。」

新芝麻疑心地看着金豆：這是誰，主人對她異常好感，做狗都嗅得到。

老伯駕起小艇，駛回碼頭，又送藍花上公路車。

金豆也忙，向實驗所報平安。

教授問：「博士是否與你在一起？」

「不，我一個人。」

教授頓足，「這人，去了別處，對，不說這個，豆子，你可有聽說，有一種膠狀薄膜，敷在臉上，乾後輕輕拉緊，可消失皺紋眼袋。」

「神奇。」

「可不是，讓女性年輕十載。」

「邊緣可看得出來？怪怪，會似人皮面具。」

「對，豆子你一言中的，你看有何辦法改良。」

「蛋白原理——」

「靠你了，豆子。」

「不，不，我正度假。」

「可知博士去了何處？」

「我怎麼知道，哈哈哈。」

這時服務員敲門，「金小姐，一位老先生在咖啡廳等你。」

金豆連忙下去。

老伯看見她站起，沒想到如此夠禮數。

「找我？」

「是，找你。」雙眼炯炯。

「有事否。」

「想你告訴我關於你自己。」

「啊，我，說來話長。」

就那樣半年過去了。

金豆並沒有告訴他太多，她已有點經驗：做人，是含蓄斯文點好。

而老伯，像他那樣的男子，怎麼會沒有女朋友，她沒提起，亦不作暗示，只給他時間處理，當然希望他斷開聯絡。

其中有一個在溫市酒吧工作的女子，有點看不開，趕到船屋，用熒光綠噴漆，在船屋壁上寫滿「狗娘養」，金豆佯裝看不見。

男人的任性粗心終有一日會碰到要計較的女子。

老柏尷尬得很，連忙用深色漆遮蓋，忙足一日。

金豆看着好笑。

換作是金豆當然會靜悄悄知難而退，但不反對其他女子發怒示威，那男子活該。

即使是老柏，也活該。

她說：「猜我與你分手之際有何表現。」

老柏斬釘截鐵回答：「我與你不會分手。」

不會嗎，誰知道。

老柏教金豆滑水，摔得全身皮膚通紅，終於滑得似凌波仙子，金豆囂張地買一套金色泳衣，叫其他泳客側目。

很久沒這樣開心，身上一切有形無形創傷都似消失。

她不讀報紙，不看電視，有時與老柏到溫市吃廣東點心，買日用品。

發覺老柏異常喜歡幼兒，凡是見到小孩，總要打招呼：幾歲，什麼時候上學……若干小女孩見到他濃眉害怕，躲媽媽懷中，金豆覺得有趣。

他會說幾句粵語，像對餐館侍應生說「唔好咁辣」，但普通話講得頗為流利。老柏有另一面，穿上西裝做證券生意的他知道會華語是何等重要。

他在市中心有一幢公寓房子，浴室裏還有口紅胭脂等物未收拾乾淨，金豆不以為忤。

老柏愛煞她這點。

一日，他終於說：「豆子，我不捨得不與你結婚，我們註冊吧，你先知會父母親友。」

他取出碩大鑽石指環，「我不會碰到另一個金豆。」

豆子只通知教授，「我結婚了。」

「什麼，這麼突然，同誰？我下巴跌到胸口，別嚇我。」

「同一個男子結婚。」

「張博士知道否？」

「誰？」

教授頓足。

婚禮十分簡單，先預約，屆時與證婚人出現；兩位都是證券行同事，對金豆好奇，開玩笑說：「不覺老柏像老伯？」又說：「這人賣買股票憑直覺多過數據，幾次三番我們被嚇得半死」，「終於也落地生根，哈哈哈。」

隨後大家往酒吧聚餐。忽然來了許多人，都說金豆漂亮又年輕，說老柏在認識她之前想都沒想過結婚二字。

老柏說：「其實我倆認識已經許久。」

「多久？三個月？哈哈哈。」

「從頭到今，恐怕有三年。」

豆子輕輕說：「三年零兩個月。」

時間過得真快。

全書完

書名　船屋　作者　亦舒

出版　天地圖書有限公司
香港皇后大道東109-115號
智群商業中心十五字樓
電話：2528 3671　傳真：2865 2609

香港灣仔莊士敦道三十號地庫／一樓（門市部）
電話：2865 0708　傳真：2861 1541

設計及插圖　Untitled Workshop

印刷　亨泰印刷有限公司
柴灣利眾街27號德景工業大廈十字樓
電話：2896 3687　傳真：2558 1902

發行　香港聯合書刊物流有限公司
香港新界大埔汀麗路36號
中華商務印刷大廈3字樓
電話：2150 2100　傳真：2407 3062

出版日期　二〇一八年十月／初版・香港